KB247985

겨울밤에 읽는

일본 문학 단편선

다자이 오사무 외 지음

겨울밤에 읽는

일본 문학 단편선

다자이 오사무 외 지음

차례

차례

다자이 오사무의 「달려라 메로스」는 인간이 끝까지 지키고자 하는 믿음과 명예가 무엇인가를 묻는 고전적 단편으로, 절망 속에서도 서로를 신뢰하려는 두 인물의 선택을 통해 인간다움의 핵심을 비춘다. 이 작품은 우정과 신의, 용기라는 보편적 가치를 상징적으로 담아내며, 단순한 영웅담을 넘어 '인간이 인간을 믿는다는 것'의 의미를 깊게 사유하게 한다. 메로스가 맞닥뜨리는 극한의 순간들은, 독자로 하여금 자신의 신념과 선택을 되돌아보게 만드는 강한 상징성을 지닌다. 폭군의 압제 아래 한 남자가 무엇을 지키기 위해 달리는지, 그리고 그의 결의가 어떤 울림으로 돌아오는지는, 작품 속에서 직접 확인하시기 바란다.

달려라 메로스

走れメロス

다자이 오사무

메로스는 격노했다. 기어이 저 간사하고 포악한 왕을 없애지 않으면 안 되겠다고 결심했다. 메로스는 정치 따위는 알지 못했다. 메로스는 마을의 목동이었다. 피리를 불고, 양들과 어울려 지내며 살아왔다. 그러나 사악한 일에 대해서만은 누구보다도 예민했다. 오늘 새벽 메로스는 마을을 떠나 들을 건너고 산을 넘어서, 십 리 떨어진 이 시라쿠스의 도시에 이르렀다. 메로스에게는 아버지도 없고, 어머니도 없었다. 아내도 없었다. 열여섯 살 난, 수줍은 여동생과 둘이서 살고 있을 뿐이었다. 이 여동생은 마을의 어느 곧은 한 목동을 머지않아 신랑으로 맞이하게 되어 있었다. 결혼식도 눈앞에 다가온 참이었다. 메로스는 바로 그 때문에, 신부의 예복과 잔치의 진수성찬을 사려고 이 먼 도시에까지 찾아온 것이었다. 먼저 그런 물건들을 사 모은 뒤, 그 다음에 도성의 큰길을 이리저리 거닐었다.

메로스에게는 죽마를 타고 놀던 옛 친구가 있었다. 세리눔티우스였다. 지금은 이 시라쿠스의 도시에 살며 석공 일을 하고 있다. 메로스는 이제 그 친구를 찾아가 볼 생각이었다. 오래도록 만나지 못했으므로, 찾아가는 일이 무척 기대되었다. 이렇게 걸어 다니다가 메로스는, 도시의 기색을 이상하게 여겼다. 적막했다. 이미 해가 저물어 도읍이 어두운 것은 당연하지만, 그러나 아무래도 밤이어서만은 아닌 듯, 도시 전체가 유난히 쓸쓸했다. 태평한 메로스도 점점 불안해졌다. 길에서 마주친 젊은이 한 사람을 붙잡고, 무슨 일이 있느냐고, 2년 전에 이 도시에 왔을 때에는 밤에도 모두 노래를 부르며 거리가 떠들썩하지 않았느냐고 물었다. 젊은이는 고개만 저을 뿐, 대답하지 않았다.

얼마쯤 더 가다가 노인을 만나자, 이번에는 한층 더 어조를 높여 캐물었다. 노인은 대답하지 않았다. 메로스는 두 손으로 노인의 몸을 흔들며 거듭 물었다. 노인은 주위를 두려워하는 낮은 목소리로, 겨우 이렇게 대답했다.

"임금님께서 사람을 죽이십니다."

"왜 죽인다는 겁니까?"

"악한 마음을 품고 있다고들 합니다만, 아무도 그런 악심을 품은 사람은 없사옵니다."

"많은 사람을 죽였습니까?"

"예. 처음에는 임금님의 매가 되시는 분을. 그 다음에는 임금님 자신의 왕위를 이을 왕자님을. 그 다음에는 누님 되시는 분을.

그 다음에는 그 누님의 자제분을. 그 다음에는 황후 마마를. 그 다음에는 현신 알렉시스를.”

“놀랍군요. 국왕이 미쳐 버린 겁니까?”

“아니오, 미치신 것은 아니옵니다. 사람을 믿을 수 없다고들 하옵니다. 요즈음에는 신하들의 마음까지도 의심하시어, 조금이라도 화려하게 사는 자에게는 사람 하나씩을 인질로 내놓으라고 명을 내리고 계십니다. 그 명을 거스르면 십자가에 매달아 죽이십니다. 오늘도 여섯 사람을 죽이셨습니다.”

그 말을 듣고, 메로스는 격노했다. “어처구니없는 임금이로다. 살려 둘 수 없다.”

메로스는 단순한 사내였다. 산 물건을 그대로 등에 진 채, 그는 느릿느릿 왕궁 안으로 들어갔다. 이윽고 그는 순찰 중이던 경관들에게 붙들려 체포됐다. 캐묻고 보니 메로스의 품속에서 단검이 나왔으므로, 소동은 더욱 커지고 말았다. 메로스는 왕 앞에 끌려 나갔다.

“이 단도로 무엇을 하려 했느냐. 말하라!” 폭군 디오니스는 조용히, 그러나 위엄을 담아 추궁했다. 왕의 얼굴은 창백했고, 미간의 주름은 깊게 새겨져 있었다.

“도시를 폭군의 손에서 구하려 한 것입니다.” 메로스는 조금도 주눅 들지 않고 대답했다.

“네가 그 일을 하겠다고?” 왕은 비웃었다. “한심한 자로다. 너는 내 외로움을 알지 못한다."

"그런 말씀 하지 마십시오!" 메로스는 성난 듯 맞받아쳤다. "사람의 마음을 의심하는 것은 가장 부끄러운 악덕입니다. 왕께서는 백성의 충성심까지 의심하고 계십니다."

"의심하는 것이야말로 올바른 마음가짐이라, 나에게 가르쳐준 것이 바로 너희다. 사람의 마음은 믿을 수 없다. 인간은 본디 사욕의 덩어리다. 믿어서는 안 된다." 폭군은 침착하게 중얼거리고, 이어 한숨을 내쉬었다. "나도 평화를 바라고는 있다만."

"무엇을 위한 평화입니까? 자신의 지위를 지키기 위한 것입니까?" 이번에는 메로스가 비웃었다. "죄 없는 사람을 죽이며 무슨 평화를 말하십니까."

"입 다물라, 천한 놈." 왕은 갑자기 얼굴을 들며 응수했다. "입으로야 얼마나 깨끗한 말을 못 하겠느냐. 나는 사람의 배 속 깊은 곳까지 훤히 들여다보인다. 너도 곧 십자가에 매달리게 되면 울며 용서를 빌겠지. 하지만 나는 듣지 않는다."

"아, 왕은 참으로 영리하시군요. 마음껏 자만하십시오. 저는 이미 죽을 각오가 되어 있습니다. 결코 목숨을 구걸하지 않겠습니다. 다만—" 메로스는 말을 멈추고 발밑을 보며 잠시 머뭇거렸다. "다만, 저에게 조금이라도 자비를 베푸실 뜻이 있으시다면, 처형까지 사흘만 기한을 주십시오. 단 하나뿐인 여동생에게 혼례를 올려주고 싶습니다. 사흘 안에 마을에서 결혼식을 치르고, 반드시 이곳으로 돌아오겠습니다.”

“어리석은 자로다.” 폭군은 쉰 목소리로 낮게 웃었다. “터무니없는 거짓말을 하는구나. 놓아준 새가 돌아온다는 말이냐.”

“그렇습니다. 돌아옵니다.” 메로스는 필사적으로 말하며 고집을 꺾지 않았다. “저는 약속을 지킵니다. 제발 사흘만 허락해 주십시오. 여동생이 제 귀환을 기다리고 있습니다. 그렇게도 저를 믿지 못하시겠다면 좋습니다. 이 도시에 세리눔티우스라는 석공이 있습니다. 제 둘도 없는 친구입니다. 그를 인질로 두고 가겠습니다. 제가 도망가서 사흘째 날 해 질 무렵까지 돌아오지 않으면, 그 친구를 목매어 죽이십시오. 부탁드립니다, 그렇게 해 주십시오.”

그 말을 들은 왕은 잔혹한 마음으로 은밀히 비웃었다.

[건방진 놈이로다. 어차피 돌아오지 않을 것이다. 이 거짓말쟁이에게 속아주는 척하고 놓아주는 것도 재미있겠다. 그리고 사흘째 되는 날 그 대신을 죽여버리면 통쾌하겠지. ‘인간은 믿을 수 없는 존재’라는 것을 세상에 더욱 널리 보여줄 수 있다. 나는 슬픈 얼굴을 하고 그 인질을 십자가에 처형할 것이다. 세상의 정직한 자들이란 놈들에게 똑똑히 보여줄 참이다.]

“원하는 바를 들어주겠다. 그 대신 희생될 자를 불러오너라. 사흘째 날 해 지기 전까지 돌아오너라. 늦으면 그 자를 반드시 죽이겠다. 아니, 조금 늦게 와도 좋다. 그때는 네 죄를 영원히 용서해 주겠다.”

"무…무슨 말씀을 하십니까?"

"하하하. 목숨이 아깝다면 늦게 오너라. 네 마음쯤은 알고 있다."

메로스는 분함에 치를 떨며 발을 굴렀다. 더는 말하고 싶지도 않았다.

죽마를 타고 놀던 친구 세리눔티우스는 깊은 밤 왕궁으로 불려왔다. 폭군 디오니스 앞에서, 좋은 친구와 좋은 친구는 2년 만에 서로 마주했다. 메로스는 친구에게 모든 사정을 털어놓았다. 세리눔티우스는 말없이 고개를 끄덕이고, 메로스를 힘껏 껴안았다. 두 사람 사이에는 그것으로 충분했다.

세리눔티우스는 곧 결박되었다. 메로스는 즉시 길을 떠났다. 초여름, 하늘 가득 별이 빛났다.

메로스는 그날 밤 한숨도 자지 않고 십 리 길을 쉬지 않고 달렸다. 마침내 다음 날 오전, 해는 이미 높이 떠 있고, 마을 사람들은 들로 나가 일을 시작하고 있을 때, 메로스는 지친 몸을 이끌고 마을에 도착했다.

메로스의 열여섯 살 여동생도 그날은 오빠 대신 양 떼를 돌보고 있었다. 비틀거리며 걸어오는 오빠의 몹시 지친 모습을 본 여동생은 깜짝 놀랐다. 그러고는 쉴 새 없이 질문을 퍼부었다.

"아무 일도 아니다." 메로스는 억지로 웃으며 말했다. "도시에 일이 남아서 곧 다시 가야 한다. 내일 네 결혼식을 올리겠다. 빠른

편이 좋을 테니까."

여동생은 얼굴을 붉혔다.

"기쁘냐? 예쁜 예복도 사 왔다. 자, 이제 가서 마을 사람들에게 알려라. 결혼식은 내일이라고."

메로스는 다시 비틀거리며 걸어 집으로 돌아와 신들의 제단을 장식하고, 잔칫상을 마련한 뒤, 곧바로 바닥에 쓰러져 숨도 쉬지 않을 만큼 깊은 잠에 빠져들었다.

눈을 뜬 것은 밤이었다. 메로스는 일어나자마자 신랑 될 사람의 집을 찾아갔다. 그리고는 사정이 있으니 결혼식을 내일로 해달라고 부탁했다. 신랑인 목동은 놀라며 말했다. "그건 곤란합니다. 이쪽은 아직 아무 준비도 되어 있지 않습니다. 포도의 계절까지 기다려 주십시오."

메로스는 기다릴 수 없으니 제발 내일로 해달라고 다시 간청했다. 그러나 신랑인 목동도 완강했다. 좀처럼 승낙하지 않았다. 둘은 날이 밝을 때까지 계속 논쟁했고, 결국 메로스는 어떻게든 신랑을 달래고, 구슬리고, 설득해 결혼식을 허락받았다.

결혼식은 한낮에 열렸다. 신랑, 신부가 신들에게 맹세를 마칠 무렵, 먹구름이 하늘을 덮고 빗방울이 뚝뚝 떨어지기 시작하더니, 이내 수레바퀴를 씻어내릴 듯한 폭우가 쏟아졌다. 잔치에 모인 마을 사람들은 어딘가 불길함을 느꼈지만, 그래도 서로 마음을 북돋우고, 좁은 방 안의 후끈한 열기까지 참아가며 흥겹게 노래하고 손뼉을 쳤다。

메로스도 얼굴 가득 기쁨을 띠고 잠시 동안은 왕과의 그 약속까지 잊고 있었다. 잔치는 밤에 들어 더욱 어지럽고 화려해졌으며, 사람들은 바깥의 폭우를 전혀 개의치 않게 되었다. 메로스는 생각했다. 이대로 평생을 여기에서 지내고 싶다. 이 좋은 사람들과 함께 살아가고 싶다. 그러나 이제 그의 몸은 더 이상 그의 것이 아니었다. 그럴 수 없는 일이었다. 메로스는 스스로를 다그치며 마침내 출발을 결심했다.

해 질 때까지는 아직 충분한 시간이 있었다. 잠깐 한숨 자고, 바로 떠나면 된다, 그렇게 생각했다. 그 무렵이면 비도 조금은 잦아들겠지.

조금이라도 더 오래 이 집에 머물고 싶었다. 메로스처럼 단호한 사내에게도 역시 미련이라는 감정은 있는 것이었다. 그는 황홀한 기쁨에 취해 있는 듯한 신부에게 다가갔다.

"축하한다. 나는 너무 피곤해서 잠시 실례하고 자고 싶구나. 눈을 뜨면 바로 도시에 나가야 한다. 중요한 일이 있어. 내가 없어도 이제는 다정한 남편이 있으니 결코 외롭지 않을 것이야. 네 오라비가 세상에서 가장 싫어하는 것은 사람을 의심하는 것과 거짓말이다. 너도 잘 알고 있겠지. 남편과의 사이에 어떤 비밀도 만들지 말아라. 내가 너에게 하고 싶은 말은 그것뿐이다. 네 오라비는 아마 훌륭한 사내일 테니, 너도 그 사실을 자랑스럽게 여기거라."

신부는 꿈꾸는 듯 고개를 끄덕였다. 메로스는 이어 신랑의 어깨를 가볍게 두드렸다.

"준비가 안 된 건 서로 마찬가지일세. 내 집에도 보물이라고는 여동생과 양들뿐이야. 다른 건 아무것도 없다. 모두 자네에게 주겠네. 그리고 한 가지 더, 메로스의 동생이 되었다는 것을 자랑스럽게 생각해주게."

신랑은 손을 비비며 수줍어했다. 메로스는 웃으며 마을 사람들에게도 인사하고 잔치 자리를 나왔다. 그러고는 양 우리로 들어가 죽은 듯 깊은 잠에 빠졌다.

눈을 뜬 것은 다음 날 새벽녘이었다.

메로스는 벌떡 일어나 속으로 외쳤다. 아, 큰일이다, 늦잠을 잤나? 아니다, 아직 괜찮다. 지금 바로 떠나면 약속한 시각까지는 충분히 여유가 있다.

[오늘은 반드시 그 왕에게, 사람의 신의가 살아 있다는 것을 보여주겠다. 그리고 웃으며 십자가의 단 위에 오르리라.]

메로스는 여유 있게 몸단장을 시작했다. 비도 어느 정도 잦아드는 듯했다. 준비는 끝났다. 메로스는 두 팔을 크게 흔들어 기운을 돋우고, 빗속으로 화살처럼 달려 나갔다.

[나는 오늘 밤 죽는다. 죽기 위해 달리는 것이다. 대신 희생될 자인 친구를 구하기 위해 달리는 것이다. 왕의 간사하고 사악한 꾀를 꺾기 위해 달리는 것이다. 달리지 않으면 안 된다. 그리고 나

는 죽게 된다. 젊은 날부터 명예를 지켜라. 안녕, 고향이여.]

젊은 메로스는 괴로웠다. 몇 번이나 발을 멈출 뻔했다. "에이! 에이!" 하고 큰 소리로 스스로를 꾸짖으며 달렸다. 마을을 벗어나 들을 가로질러 숲을 헤치고, 이웃 마을에 도착했을 무렵에는 비도 그치고 해는 높이 떠올라 점점 더 더워지고 있었다. 메로스는 주먹으로 이마의 땀을 훔쳤다. 여기까지 왔으니 괜찮다. 이제 더는 고향에 미련이 없다. 여동생 부부는 틀림없이 좋은 가정을 꾸릴 것이다. 나에게는 지금 아무 근심도 없어야 한다. 곧바로 왕궁에 도착하기만 하면 된다.

그렇게 급히 갈 필요도 없다. 천천히 걸어가자—메로스는 본래의 느긋한 성미를 되찾고, 맑은 목소리로 좋아하는 작은 노래를 흥얼거리기 시작했다. 느긋하게 이리저리 걸어 두 리, 세 리쯤 가서, 이제 여정도 절반쯤 이르렀을 때였다. 뜻밖의 재난이 떨어졌다. 메로스의 발이 딱 멈췄다.

보라, 앞의 강을. 어제의 폭우로 산지의 수원은 범람했고, 흙탕물이 아우성치며 흘러내려 거센 힘으로 다리를 단번에 부숴 버렸고, 포효하는 급류가 다리 기둥을 산산조각 내며 뛰어넘고 있었다. 그는 멍하니 서서 움직이지 못했다. 사방을 둘러보고, 목이 찢어질 듯 소리쳐 보기도 했지만, 묶어 두었던 작은 배들은 모두 파도에 휩쓸려 흔적도 없었고, 나룻배를 젓는 사람의 모습도 보이지 않았다. 물은 더욱 불어나 바다처럼 되어 있었다.

메로스는 강가에 주저앉아, 사내가 우는 듯 흐느끼며 제우스에게 두 손을 들어 간구했다.

"아아, 이 사납게 날뛰는 물결을 가라앉혀 주십시오! 시간은 시시각각 흘러갑니다. 태양은 이미 한낮입니다. 해가 지기 전에 왕궁에 도달하지 못하면, 저 좋은 친구가 제 탓으로 죽게 됩니다."

흙탕물은 메로스의 울부짖음을 비웃기라도 하듯 더욱 격렬하게 뛰놀았다. 파도는 파도를 삼키고, 뒤집고, 몰아세우며, 시간은 한 순간 한 순간 사라져 갔다. 이제 메로스도 결심했다. 헤엄쳐 건너는 수밖에 없다.

[아아, 신들이여 굽어살펴 주십시오! 사나운 급류에도 굴복하지 않는 사랑과 성실의 위대한 힘을, 지금 이 몸으로 보여드리리라!]

메로스는 첨벙 하고 물속으로 뛰어들었다. 백 마리의 큰 뱀이 뒤틀리며 날뛰는 듯한 파도와 맞서, 그는 필사적인 사투를 벌였다. 온몸의 힘을 팔에 모아, 밀려오고 휘감고 끌어당기는 물살을 이까짓 것! 하고 헤치고 또 헤치며, 있는 힘을 다해 죽기 살기로 헤엄쳤다. 그 인간의 용맹한 모습에 신들도 불쌍히 여겼던가, 끝내 그는 떠밀려가면서도 맞은편 강가의 한 나무 기둥에 매달릴 수 있었다.

[아, 감사하오]

메로스는 말처럼 크게 한 번 몸을 떨고는, 곧바로 다시 앞을 향해 나아갔다. 한 순간도 헛될 수 없다. 해는 이미 서쪽으로 기울기 시작하고 있다. 숨을 헐떡이며 고개를 넘고, 넘어서 안도의 숨을 내쉰 그때, 갑자기 눈앞에 한 떼의 산적이 튀어나왔다.

"멈춰라."

"무얼 하는 겁니까! 해가 지기 전에 왕궁에 가야 합니다. 길을 비키십시오!"

"그럴 수 없다. 가지고 있는 것을 모두 두고 가라."

"내게는 목숨 말고는 아무것도 없다. 그 단 하나뿐인 목숨도 이제 왕께 드리러 가는 것이다."

"그 목숨이 갖고 싶은 것이다."

"그렇다면, 왕의 명령으로 여기서 나를 기다리고 있었던 것이냐?"

산적들은 말도 없이 일제히 곤봉을 치켜들었다. 메로스는 몸을 홱 굽히더니 새처럼 날아올라 가장 가까이에 있던 한 사람에게 덤벼들어, 그 곤봉을 낚아채고 외쳤다.

"미안하지만, 이것은 정의를 위한 일이다!"

그리고 맹렬히 한 방 휘둘러 단숨에 셋을 때려눕혔다. 남은 자들이 주춤하는 틈을 타, 메로스는 재빨리 달려 고개를 내려갔다. 한숨에 고개를 달려내려왔지만, 역시 기진맥진했다. 때마침 오후의 작열하는 태양이 정면에서 이글이글 내리쬐어, 메로스는 몇 번이나 어지럼증에 휘청거렸다.

[이래서는 안 된다. 정신 차려라.]

그는 스스로를 다잡으며 비틀비틀 두세 걸음 걸었으나, 끝내 푹 무릎을 꺾고 주저앉았다. 더는 일어설 수 없었다. 하늘을 우러러보고, 그는 분한 울음을 터뜨렸다.

아아, 흙탕물을 헤엄쳐 건너고 산적 셋을 쓰러뜨려 천둥처럼 돌파해온 메로스여. 참된 용자, 메로스여. 그런 네가 지금 여기서 지쳐 움직이지 못하다니, 이 무슨 비참함인가. 사랑하는 친구는, 너를 믿은 탓으로 곧 죽어야만 한다. 너는 세상에 드문 불신의 인간, 왕의 뜻대로 흘러가는 어리석은 자가 아니더냐.

그렇게 자신을 꾸짖어 보았으나, 온몸의 힘이 풀려 이제는 애벌레만큼조차 앞으로 나아갈 수 없었다. 메로스는 길가 초원에 쓰러져 누웠다. 몸이 지치면 마음도 함께 무너진다. 이제 아무래도 좋다는, 용자에게는 어울리지 않는 불량한 체념이 마음 한구석에 틈타고 들어왔다.

[나는 이토록 노력해 왔다. 약속을 어길 마음은 털끝만큼도 없었다. 신들이여, 굽어살피시라. 나는 있는 힘을 다해 달려왔다. 움직이지 못할 만큼 달려온 것이다. 나는 불신의 무리가 아니다. 아아, 될 수 있다면 내 가슴을 가르고 이 붉은 심장을 보여드리고 싶다. 사랑과 신의의 피로만 뛰는 이 심장을 보여드리고 싶다. 그러나 나는, 이 중요한 순간에 기력도 정신도 다 소진되고 말았다. 나는 참으로 불행한 사내다. 나는 반드시 조롱받을 것이다. 내 가족

도 웃음거리가 될 것이다. 나는 친구를 속였다. 도중에 쓰러지는 것은 처음부터 아무것도 하지 않은 것과 다를 바 없다. 아아, 이제 아무래도 좋다. 이것이 나에게 정해진 운명일지도 모른다. 세리눔티우스여, 용서해다오. 너는 언제나 나를 믿어 주었다. 나도 너를 속이지 않았다. 우리는 참으로 좋은 친구였다. 한 번도 서로의 가슴 속에 어두운 의혹을 품은 적이 없었다. 지금도 너는 나를 의심 없이 기다리고 있겠지. 아아, 기다리고 있을 것이다. 고맙다, 세리눔티우스. 나를 믿어 준 너를 생각하면 견딜 수가 없다.

친구와 친구 사이의 신의는, 세상에서 가장 자랑할 만한 보물이다.

세리눔티우스여, 나는 달려왔다. 너를 속일 생각은 티끌만큼도 없었다. 믿어다오! 나는 급히 또 급히 달려 여기까지 왔다. 흙탕물을 헤치고 건넜다. 산적의 포위를 빠져나와 단숨에 고개도 내려왔다. 나였기에 할 수 있었다. 아아, 이제 그 이상을 나에게 바라지 말아다오. 그냥 두어라. 정말로, 이제는 아무래도 좋다. 나는 패배했다. 한심한 놈이다. 비웃어라. 왕은 내게 귓속말로 말했다. '조금 늦게 와라.' 늦으면 대속자를 죽이고 나를 살려 주겠다고 했다. 나는 왕의 비열함을 미워했다. 그러나 지금 돌아보면, 나는 왕이 말한 그대로 되고 있다. 나는 아마 늦게 갈 것이다. 왕은 혼자 만족해하며 나를 비웃고, 아무 일도 없었다는 듯 나를 풀어 주겠지. 그렇게 된다면 나는 죽는 것보다 더 괴롭다. 나는 영원히 배신자가 된다. 세상에서 가장 불명예스러운 인간이 된다. 세리눔 티우스여, 나도 죽겠다. 너와 함께 죽게 해다오. 너만은 나를 믿어 줄 것이다. 아니, 그것도 내 독단적 착각인가? 아아, 차라리 악덕한 자로 살아남을까. 내 마을에는 집이 있다. 양도 있다. 여동생 부부가 설마 나를 마을에서 내쫓지는 않겠지. 정의니 신의니 사랑이니—생각해 보면, 우스운 일이다. 남을 죽이고 자신이 사는 것. 그것이 인간 세계의 이치가 아니던가. 아아, 모든 것이 우습다. 나는 추한 배신자다. 이제 아무래도 좋다. 마음대로 되는 대로 둘 것이다. 아, 끝나는구나.]

메로스는 팔다리를 내던진 채, 차츰 졸음에 젖어들며 가늘게 잠이 들었다.

문득 귀에 졸졸 물 흐르는 소리가 들렸다. 메로스는 살며시 머리를 들고 숨을 죽여 귀를 기울였다. 바로 발밑에서 물이 흐르는 모양이었다. 그는 비틀거리며 일어났다. 보니 바위 틈새에서 졸졸 무언가 속삭이듯 맑은 샘물이 솟아나고 있었다. 메로스는 그 샘에 이끌리듯 몸을 굽혔다. 물 한 줌을 두 손으로 떠 한 모금 마셨다. 후— 하고 긴 숨이 흘러나왔다. 마치 꿈에서 깨어난 듯한 기분이었다.

[걸을 수 있다. 가자.]

육체의 피로가 조금 회복되자, 희미하나마 희망이 생겼다. 의무를 완수하겠다는 희망이다. 자기 몸을 죽여 명예를 지키겠다는 희망이다. 석양은 붉은 빛을 나뭇잎 위에 쏟아부어, 잎과 가지가 불타는 듯 빛나고 있었다. 해가 지기까지는 아직 시간이 남아 있다.

[나를 기다리는 사람이 있다. 조금도 의심하지 않고, 조용히 나를 믿으며 기다리고 있는 사람이 있다. 나는 믿음을 받고 있다. 나의 목숨 따위는 문제가 되지 않는다. 죽어 속죄한다느니 하는 말로 둘러댈 때가 아니다. 나는 신뢰에 보답해야 한다. 지금은 오직 그 한 가지뿐이다. 달려라, 메로스. 나는 믿음받고 있다. 나는 믿음받고 있다. 아까 그 악마의 속삭임은… 아, 꿈이다. 나쁜 꿈이다. 잊어버려라. 오장이 지치면 문득 그런 나쁜 꿈을 꾸는 법이다. 메로스, 그것은 네 수치가 아니다. 역시 너는 참된 용자다. 다시 일어나 달릴 수 있게 되지 않았는가. 고맙다! 나는 이제 정의의 사람으로서 죽을 수 있다. 아, 해가 진다. 점점 더 빠르게 가라앉는다. 기다려 주십시오, 제우스여. 나는 태어날 때부터 정직한 사내였습니다. 정직한 사내인 그대로 죽게 해주십시오.]

길 가는 사람을 밀쳐내고 튕겨내며, 메로스는 검은 바람처럼 달렸다.

들판에서 술을 마시며 잔치를 벌이던 한 무리의 사람들 사이를 그대로 뚫고 지나가 모두를 놀라게 했고, 개의 몸을 발로 차 날려 보내고, 시내를 뛰어넘으며, 조금씩 가라앉는 태양보다 열 배쯤 더 빠르게 달렸다. 여행자들의 한 무리와 스쳐 지나가는 순간,

불길한 대화가 귓가에 스쳤다.

“지금쯤이면, 그 남자도 십자가에 매달렸겠지.”

[아아, 그 남자! 그 남자를 위해 내가 지금 이렇게 달리고 있는 것이다. 그를 죽게 해서는 안 된다. 서둘러라, 메로스. 늦어서는 안 된다. 사랑과 진실의 힘을, 지금야말로 세상에 보여주어라.]

옷차림 따위는 상관없다. 메로스는 이미 거의 알몸이었다. 숨도 제대로 쉬지 못해 두 번, 세 번 입가에서 피가 솟구쳤다.

[보인다. 저 멀리 희미하게 시라쿠스 도시의 탑이 보인다. 탑은 석양을 받아 눈부시게 빛나고 있었다.]

“아아, 메로스님…!” 바람에 실려 신음 같은 목소리가 들려왔다.

“누구요?” 메로스는 달리면서 물었다.

“필로스트라토스입니다! 당신의 친구, 세리눔티우스님의 제자입니다!” 젊은 석공도 메로스의 뒤를 따라 달리며 외쳤다. “이제 틀렸습니다! 헛수고입니다! 달리시는 것을 멈추십시오! 더는 그분을 구하실 수 없습니다!”

“아니, 아직 해는 지지 않았다!”

“바로 지금, 그분이 형장에 끌려 나가는 중입니다! 아아, 당신은 늦으셨습니다… 원망스럽습니다! 조금만, 조금만 더 일찍 오셨더라면!”

“아니, 아직 해는 지지 않았다.” 메로스는 터질 듯한 가슴을 부여잡고, 붉고 커다란 석양만을 뚫어지게 바라보았다. 달리는 수밖에 없었다.

"멈추십시오! 제발 달리는 것을 멈추십시오! 지금은 당신 자신의 목숨이 먼저입니다! 그분은 당신을 믿고 계셨습니다. 형장에 끌려 나가면서도 태연했습니다. 왕이 실컷 그분을 조롱해도 '메로스는 옵니다'라고만 답하며 굳은 믿음을 잃지 않고 계셨습니다!"

"그래서 달리는 것이다! 믿음받고 있기 때문에 달리는 것이다! 시간에 맞느냐, 맞지 못하느냐는 문제가 아니다! 사람의 목숨도 문제가 아니다! 나는 지금, 그보다 훨씬 더 크고 두려운 것을 위해 달리고 있다. 따라오너라, 필로스트라토스!"

"아아, 당신은 미치셨습니까! 좋습니다, 마음껏 달리십시오! 어쩌면… 어쩌면 정말로 늦지 않을지도 모릅니다. 달려보십시오!"

말이 필요 없었다. 아직 해는 지지 않았다. 메로스는 마지막 남은 힘을 모두 짜내 달렸다. 메로스의 머릿속은 텅 비어 있었다. 아무것도 생각하지 않았다. 그저 알 수 없는 거대한 힘에 끌려 달릴 뿐이었다. 해는 아득히 흔들리며 지평선 아래로 가라앉았고, 마침내 마지막 한 조각의 잔광마저 사라지려는 순간, 메로스는 질풍처럼 형장 안으로 뛰어들었다.

도착했다. 제 시간에.

"멈춰라! 그 사람을 죽여서는 안 된다! 메로스가 돌아왔다! 약속대로, 지금 돌아왔다!"

그는 군중을 향해 있는 힘껏 외쳤지만, 목이 찢어져 쉰 목소리가 희미하게 흘러나왔을 뿐, 아무도 그의 도착을 알아차리지 못했다.

이미 십자가의 기둥이 높이 세워졌고, 밧줄에 묶인 세리눔티우스가 서서히 끌어올려지고 있었다. 그 광경을 본 메로스는 마지막 용기를 불태우며, 조금 전 격류를 헤치고 나아갔던 것처럼 군중을 헤치고, 또 헤치며 앞으로 돌진했다.

"나다, 형리여! 죽어야 할 사람은 나다! 메로스다! 그를 인질로 맡긴 사람인 내가, 여기 왔다!"

메로스는 쉰 목소리로 있는 힘을 다해 외치며 마침내 십자가대 위로 뛰어올라, 끌어올려지고 있던 친구의 두 다리에 매달려 울부짖었다.

군중은 술렁였다. "장하다!" "용서해 주어라!" 하고 여기저기서 외쳤다.

세리눔티우스를 묶었던 밧줄은 풀려났다.

"세리눔티우스." 메로스는 눈에 눈물을 머금고 말했다. "나를 때려라. 있는 힘껏 내 뺨을 때려라. 나는 길 중간에 한 번, 나쁜 꿈을 꾸었다. 너가 혹시라도 나를 때려주지 않는다면, 나는 너와 포옹할 자격조차 없는 사람이다. 때려라."

세리눔티우스는 모든 것을 알아차린 듯 고개를 끄덕이고, 형장 가득 울려 퍼질 만큼 큰 소리로 메로스의 오른뺨을 내리쳤다. 그러고는 부드럽게 미소 지으며 말했다.

"메로스, 이제 그대가 나를 때려주게. 아까와 똑같이 크게, 내 뺨을 때려다오. 나는 이 사흘 동안 단 한 번, 잠깐 동안이나마 그대를 의심했다. 태어나 처음으로 그대를 의심했다. 그대가 나를 때려주지 않으면, 나 또한 그대와 포옹할 수가 없다."

메로스는 팔에 힘을 실어 세리눔티우스의 뺨을 갈겼다.

"고맙다, 친구여." 두 사람은 동시에 말하며 힘껏 서로를 끌어안았고, 이윽고 기쁨의 눈물을 흘리며 엉엉 울기 시작했다. 군중 속에서도 흐느끼는 소리가 들렸다.

폭군 디오니스는 군중 뒤편에서 두 사람을 뚫어지게 바라보다가, 마침내 조용히 그들 앞으로 다가와 얼굴을 붉히며 말했다.

"너희의 소망은 이루어졌다. 너희는 내 마음을 이겼다. 신의란 결코 텅 빈 망상이 아니었다. 제발 나도 너희의 한 사람이 되게 해주지 않겠느냐. 부디 내 바람을 들어, 나를 너희의 벗으로 받아주어라."

군중 사이에서 환성이 터져 나왔다.

"만세! 왕이시여, 만세!"

한 소녀가 붉은 망토를 메로스에게 바쳤다. 메로스는 어쩔 줄 몰라 당황했다. 그때 좋은 친구가 재빨리 일러주었다.

"메로스, 너 지금 알몸이잖아. 어서 그 망토를 입어라. 이 귀여

운 아가씨는 너의의 벗은 몸이 모두에게 보이는 것이 너무나 부끄
럽고 안타까웠던 거다."

용자 메로스의 얼굴이 새빨갛게 물들었다.

　　아쿠타가와 류노스케의 「코」는 한 승려가 자신의 '길고 우스꽝스러운 코'를 둘러싸고 겪는 심리의 파동을 통해, 인간 내면의 허영과 자의식, 그리고 타인의 시선을 의식하는 마음의 아이러니를 날카롭게 드러내는 작품이다. 이 단편은 외모 콤플렉스라는 가벼운 소재를 다루는 듯 보이지만, 실은 인간 누구에게나 존재하는 미묘한 열등감과 자기모순을 조용한 풍자 속에 비춘다. 이 작품을 읽을 때에는 '타인이 나를 어떻게 보는가'와 '나는 무엇을 받아들이지 못하는가'라는 두 질문을 떠올리면 좋다. 오늘의 독자에게도 깊은 울림을 주는 이유는, 변화와 해방을 갈망하면서도 다시 흔들리는 인간의 마음을 정교하게 포착하고 있기 때문이다. 작품 속 인물이 마주하는 작은 변화는, 우리 자신이 품고 있는 내밀한 감정들을 되비추는 거울처럼 다가올 것이다.

코

鼻

아쿠타가와 류노스케

젠치 내공[1]의 '코'라면, 이케노오 마을에서 모르는 사람이 없었다. 그 길이가 5~6치나 되어, 윗입술 위에서 턱 아래까지 늘어져 있었다. 모양은 앞도 뒤도 없이 굵기가 그대로였다. 말하자면, 길고 가느다란 순대 같은 것이 얼굴 한가운데에서 덜렁 내려와 있는 꼴이었다.

오십이 넘은 내공은, 사미[2]였던 시절부터 내도장 구봉[3]에 오른 오늘에 이르기까지, 마음속으로는 줄곧 이 코 때문에 괴로워해 왔다. 물론 겉으로는 지금도 별로 신경 쓰지 않는 듯 태연한 얼굴을 하고 있다. 이것은 그저 '장차 정토에 나아갈 수행자의 몸으로 코 문제를 걱정하는 건 좋지 않다'고 생각했기 때문만은 아니다. 그보다 더 큰 이유는, 자신이 코를 신경 쓰고 있다는 사실을 남에게

---

1   절에서 의식을 담당하는 고승
2   초보 승려
3   의식을 보좌하는 승직

들키는 것 자체가 싫었기 때문이다. 내공은 일상 대화 속에 '코'라는 말이 나오는 것을 무엇보다 두려워했다.

내공이 이 코를 지긋지긋하게 여긴 데에는 두 가지 이유가 있었다. 첫째는 매우 현실적인 불편함 때문이었다. 무엇보다 혼자서는 밥을 먹을 수 없었다. 혼자 먹으려고 하면 코끝이 그릇 속의 밥에 닿아 버리는 것이다. 그래서 내공은 제자 가운데 한 사람을 상의 맞은편에 앉혀 두고, 밥을 먹는 동안 길이 두 자쯤, 너비 한 치 남짓한 나무판으로 코를 들어 올리게 했다. 그러나 이런 방식으로 밥을 먹는다는 것은, 들어 올리는 제자에게도, 들어 올려지는 내공에게도 결코 쉬운 일이 아니었다. 한 번은 중동자[4]가 이 역할을 대신하다가 재채기를 하는 바람에 손이 떨려 코를 죽 그릇에 떨어뜨린 일이 있었는데, 그 소문은 당시 교토까지 퍼져 나갔다.

그러나 이것은 내공이 코 때문에 괴로워한 주된 이유는 아니었다. 그가 진정으로 고통받은 것은, 이 코가 그의 자존심을 깊이 상하게 했기 때문이었다.

이케노오 마을 사람들은, 이런 기괴한 코를 가진 젠치 내공에게 아내가 없다는 사실을 오히려 다행이라 했다. 저런 코라면 누가 아내가 되겠느냐는 것이었다. 어떤 이들은 "저 코 때문에 출가했을 것"이라고 험담하기도 했다. 그러나 내공은 자신이 승려이기

---

4   사찰에서 잡일을 하는 어린 수행자

때문에 코로 인한 번거로움이 줄었다고 생각해 본 적이 없었다. 그의 자존심은 '아내가 없는 결과' 같은 외형적 조건에 흔들릴 만큼 단순하지 않았다. 그래서 내공은 적극적으로든 소극적으로든, 이 상처받은 자존심을 회복하기 위한 여러 시도를 해왔다.

무엇보다 먼저 내공이 생각한 것은, 이 길다란 코를 실제보다 짧아 보이게 하는 방법이었다. 그는 사람이 없을 때면 거울 앞에 서서 얼굴을 여러 각도에서 비춰 보며 열심히 궁리를 거듭했다. 때로는 얼굴의 위치만 바꿔서는 만족할 수 없어, 손바닥으로 뺨을 괴거나 턱 끝에 손가락을 대고서 끈기 있게 거울 속을 들여다보기도 했다. 그러나 자기가 보아도 만족스러울 만큼 코가 짧게 보인 적은 단 한 번도 없었다. 간혹 애를 쓰면 쓸수록 오히려 더 길어 보인다는 느낌마저 들었다. 그러면 내공은 거울을 상자에 넣으며 새삼스럽게 한숨을 쉬고, 못마땅한 얼굴로 다시 경탁[5] 앞에 앉아 관음경을 읽으러 돌아가는 것이었다.

그 다음으로 내공은 언제나 남의 코를 눈여겨보았다. 이케노오 절에서는 승려의 설법이나 의식이 자주 열렸고, 절 안에는 승방이 빽빽하게 이어져 있었으며, 목욕탕에서는 날마다 승려들이 물을 데웠다. 따라서 이곳을 드나드는 승려와 속인들의 수는 매우 많았다. 내공은 이 사람들의 얼굴을 끈기 있게 살폈다. 자기와 비

---

5   경을 올려두는 작은 탁자

숫한 코를 가진 이를 단 한 사람만이라도 찾아 마음을 놓고 싶었기 때문이다. 그래서 그의 눈에는 남색 수이칸[6]도, 흰 가타비라[7]도 들어오지 않았다. 하물며 감색 모자나, 오래 보아 눈에 익은 승복의 색은 있되 없는 듯했다. 내공은 사람을 보지 않고 다만 코만 보았다. 그러나 매부리코쯤은 있어도, 그의 코만큼 길고 기괴한 코는 하나도 보이지 않았다. 그 사실이 거듭될수록 내공의 마음은 다시금 불쾌해졌다. 그는 사람들과 이야기하다가도, 무심결에 아래로 늘어진 코끝을 집어 올려 보았다가, 나이에 걸맞지 않게 얼굴을 붉히곤 했는데, 이는 전적으로 이 불쾌감에서 비롯된 행동이었다.

마지막으로 내공은 경전 안에서라도 자기와 비슷한 코를 가진 인물을 찾아, 그나마 마음을 달래 볼까 하고 생각한 적이 있었다. 그러나 목련이나 사리불의 코가 길었다는 기록은 어느 경문에도 없다. 물론 용수나 마명 같은 보살들도 평범한 코를 지닌 것으로 묘사되어 있다. 내공은 진단(중국) 이야기를 듣는 중에, 촉한의 유현덕(유비)의 귀가 길었다는 말을 전해 듣고, '저것이 귀가 아니라 코였다면 얼마나 마음이 놓였을까' 하고 생각했다.

내공이 이렇게 소극적인 궁리를 거듭하면서도, 한편으로는 또

---

6   승려의 겉옷
7   여름 홑옷

적극적으로 코를 짧게 만들 방법을 시험해 본 것은 새삼 말할 필요도 없다. 그는 할 수 있는 노력을 거의 다 했다. 까마귀오이(약재)를 달여 마셔 보기도 했고, 쥐의 소변을 코에 발라 보기도 했다. 그러나 무엇을 어떻게 해도 코는 여전히 다섯, 여섯 치나 되는 길이로, 윗입술 위에 덜렁 늘어진 채 매달려 있지 않은가.

그런데 어느 해 가을, 내공의 심부름을 겸해 교토로 올라갔던 한 제자 승려가, 아는 의사에게서 긴 코를 짧게 만드는 방법을 배워 돌아왔다. 이 의사라는 사람은 본래 진단에서 건너온 인물로, 당시에는 장락사의 공승[8]을 맡고 있었다.

내공은 늘 그렇듯 코 따위는 신경 쓰지 않는다는 태도로, 그 방법을 곧 시험하겠다는 말은 일부러 하지 않았다. 그러면서도 한편으로는, 식사 때마다 제자에게 수고를 끼치는 것이 마음에 걸린다는 식의 말을 가볍게 꺼냈다. 속으로는 물론 제자가 자신을 설득해 그 방법을 시도하게 해주기를 기다리고 있었던 것이다.

제자라고 해서 내공의 이런 전략을 모를 리 없었다. 그러나 그에 대한 반감보다, 내공이 그런 꼼수를 쓰면서까지 코를 어떻게 해보려 하는 마음이 더 깊이 제자의 동정심을 움직였던 것일지도 모른다. 제자는 내공의 기대대로 말을 아끼지 않고 그 방법을 열심히 권하기 시작했다. 그리고 역시 내공 역시도 예상한 대로, 결

---

8   의식 보조 승려

국 이 열렬한 권고에 따르기로 했다.

그 방법이라는 것은 다름 아니라, 뜨거운 물에 코를 삶은 뒤 사람으로 하여금 그 코를 밟게 하는, 지극히 단순한 것이었다.

뜨거운 물은 절의 욕탕에서 매일 끓이고 있었다. 그래서 제자 승려는 손가락조차 넣을 수 없을 만큼 뜨거운 물을 바로 양재기(금속 바가지)에 담아 욕탕에서 길어왔다. 그러나 코를 바로 양재기 속에 넣게 되면, 뜨거운 김에 얼굴을 델 우려가 있었다. 그래서 넓은 나무쟁반에 구멍을 하나 뚫어 뚜껑처럼 양재기 위에 얹고, 그 구멍으로 코만 물속에 넣도록 했다.

코만큼은 아무리 뜨거운 물에 담가도 조금도 아프지 않았다. 잠시 후 제자가 말했다.

"——이제 삶아졌을 터입니다."

내공은 씁쓸하게 웃었다. 이 말만 들으면 누구도 코 이야기를 하는 줄은 모르리라 생각했기 때문이다. 코는 뜨거운 김에 쪄져, 벼룩에 물린 듯 근질근질했다.

내공이 쟁반의 구멍에서 코를 빼자, 제자 승려는 아직 김이 오르는 그 코를 두 발에 힘을 주어 밟기 시작했다. 내공은 옆으로 누운 채, 코를 마룻바닥 위로 길게 뻗고, 제자의 발이 위아래로 움직이는 모습을 바로 눈앞에서 보고 있었다.

제자는 때때로 안쓰러운 표정을 지으며, 내공의 벗어진 머리를 내려다보며 이렇게 말했다.

“──아프지는 않으십니까. 의사께서는 세게 밟으라 하셨습니다만… 그래도 아프지는 않으십니까.”

내공은 고개를 저어 아프지 않다는 뜻을 보이려 했다. 그러나 코가 밟히고 있어 마음대로 고개가 움직이지 않았다. 그래서 그는 흘끗 눈을 치켜뜨며 제자의 발뒤꿈치에 동상으로 갈라진 피부를 보면서, 마치 화가 난 듯한 목소리로 말했다.

“──아프지 않네.”

실제로는 근질근질한 곳을 밟히는 터라, 아프기는커녕 오히려 기분이 좋을 만큼이었다.

한동안 밟고 있자, 이윽고 좁쌀 같은 알갱이가 코에 돋기 시작했다. 말하자면, 털을 뽑은 작은 새를 그대로 둥글게 구워낸 듯한 모양이었다. 제자는 이것을 보자 발을 멈추고 혼잣말처럼 말했다.

“──이걸, 족집게로 뽑으라 하셨습니다.”

내공은 불만스러운 듯 볼을 부풀린 채, 말없이 제자가 하라는 대로 맡겨 두었다. 제자의 호의를 모를 리는 없었다. 그러나 자기 코를 마치 물건 다루듯 취급받는 것이 불쾌했던 것이다.

내공은 신뢰하지 않는 의사의 수술을 억지로 받는 환자 같은 얼굴로, 제자가 코의 모공에서 족집게로 기름덩어리를 뽑아내는 모습을 마지못해 바라보았다. 그 기름은 새의 깃대처럼 생긴 모양으로, 길이가 한 치 남짓 되게 뽑혀 나왔다.

이 작업이 한 차례 끝나자, 제자는 후우 하고 숨을 내쉰 듯한 얼굴로 말했다.

"──한 번 더 삶으면 되겠습니다."

내공은 여전히 미간을 찌푸린 채 불만스러운 얼굴로, 제자가 시키는 대로 따랐다.

두 번째로 삶은 뒤 코를 꺼내 보니, 과연 여느 때보다 훨씬 짧아져 있었다. 이제는 평범한 매부리코와도 크게 다를 바 없었다. 내공은 짧아진 코를 쓰다듬으며, 제자가 내민 거울을 어색한 기색으로 살며시 들여다보았다.

코는──그 턱 아래까지 내려와 있던 그 코는──거짓말처럼 오그라들어, 지금은 겨우 윗입술 위에서 힘없이 마지막 숨결만 유지하고 있었다. 곳곳이 얼룩처럼 붉게 물든 것은, 아마도 밟힌 자국일 것이다. 이렇게 되었으니 이제 누구도 자신을 비웃지는 못하리라. 거울 속의 내공의 얼굴은, 거울 밖의 내공을 바라보며 만족스러운 듯 눈을 깜빡였다.

그러나 그날 하루 동안은 여전히 코가 다시 길어지지 않을까 하는 불안이 남아 있었다. 그래서 독경을 할 때도, 식사할 때도, 틈만 나면 손을 뻗어 살며시 코끝을 만져 보았다. 그러나 코는 점잖게 윗입술 위에 자리 잡고 있을 뿐, 다시 아래로 늘어질 기색은 없었다.

하룻밤을 자고 다음 날 이른 아침 눈을 뜬 내공은 제일 먼저 코를 어루만져 보았다. 코는 여전히 짧았다. 그 순간 내공은, 수년 만에 법화경을 베껴 쓰며 공덕을 쌓던 때처럼, 가슴이 탁 트이는 해방감을 느꼈다.

그런데 이틀, 사흘이 지나자, 내공은 뜻밖의 사실을 발견했다. 마침 용무가 있어 이케노오 절을 찾은 한 사무라이가, 예전보다 한층 더 우스운 얼굴을 하고는, 제대로 말도 하지 않은 채 내공의 코만 힐끗힐끗 바라보고 있었던 것이다.

그뿐만이 아니었다. 예전에 내공의 코를 죽 그릇 속에 떨어뜨린 적이 있는 중동자 같은 이는, 강당 앞에서 내공과 마주쳤을 때 처음에는 고개를 숙여 웃음을 참더니, 결국 참지 못한 듯 '훅' 하고 웃음을 터뜨리고 말았다. 심부름을 받은 하급 승려들은, 정면에서 말을 들을 때는 얌전히 있었으나, 내공이 등을 돌리기만 하면 금세 킥킥거리며 웃음을 터뜨렸다. 그것도 한두 번이 아니었다. 처음에 내공은, 이것이 자신의 달라진 얼굴 때문일 것이라 생각했다. 그러나 그 생각만으로는 도무지 설명이 충분하지 않은 듯했다.

물론, 중동자나 하급 승려들이 웃는 이유는 거기에 틀림없이 있을 것이다. 그러나 웃는다고 해도, 예전에 코가 길었을 때와는 웃는 태도가 어딘가 달라졌다. 익숙한 긴 코보다, 익숙하지 않은 짧은 코가 우스꽝스러워 보인다고 하면 그것까지는 그렇다 칠 수 있다. 하지만 그뿐만이 아니라, 무언가 더 있는 듯했다.

──전에는 저렇게까지 드러내 놓고 웃지는 않았는데.

내공은 독경하던 손을 멈추고, 벗어진 머리를 기울이며 때때로 이렇게 중얼거렸다. 사랑스러운 내공은, 그럴 때면 언제나 멍하니 곁에 걸어 둔 보현보살의 그림을 바라보다가, 코가 길었던 며칠 전의 일을 떠올리고, "지금은 비참하게 몰락해 버린 사람이, 영광스럽던 옛 시절을 되새기는 듯한" 우울함에 빠져들곤 했다. 내공에게는 애석하게도, 이 의문에 답할 만한 명철함이 부족했던 것이다.

──사람의 마음에는 서로 모순된 두 감정이 있다. 누구라도 타인의 불행에 동정하지 않는 사람은 없다. 그러나 그 사람이 그 불행을 어떻게든 벗어나게 되면, 이제는 이쪽에서 왠지 모르게 허전한 기분이 드는 것이다. 조금 과장해서 말하면, 그 사람을 다시 한번 같은 불행 속에 빠뜨려 보고 싶은 마음이 들기까지 한다. 그러다 보면 어느 새, 소극적이기는 하지만 일종의 적의(敵意)를 품게 되는 것이다.

내공이, 이유를 알 수 없으면서도 어딘지 모르게 불쾌함을 느꼈던 것은, 이케노오 절의 승속들이 보이는 태도 속에서 이러한 방관자적 이기심을 어렴풋이 감지했기 때문이었다.

그리하여 내공은 날이 갈수록 기분이 나빠졌다. 말마다 누구에게든 심술궂게 호통을 치고, 마침내는 코 치료를 해준 바로 그 제자 승려조차 "내공께서는 법을 아끼고 인색한 죄에 걸리실 것이다"라며 뒤에서 험담할 지경이 되었다.

특히 내공을 노하게 만든 것은 바로 그 장난꾸러기 중동자였다. 어느 날, 개가 요란하게 짖는 소리가 들려 내공이 무심코 밖으로 나가 보니, 중동자가 길이 두 자쯤 되는 나무 조각을 휘두르며 털이 길고 야윈 뭇개를 쫓아다니고 있었다. 그것도 그냥 쫓는 것이 아니라, "코를 맞지 마라! 자, 코를 맞지 마라!"하고 떠들며 쫓아다니는 것이었다.

내공은 중동자의 손에서 그 나무 조각을 낚아채더니, 세차게 얼굴을 쳤다. 그 나무 조각은 예전에 코를 받쳐 들던 받침목이었다. 이쯤 되자 내공은, 차라리 코가 짧아지지 않았더라면 하는 원망스러운 마음까지 품게 되었다.

그러던 어느 밤이었다. 해가 지고 난 뒤 갑자기 바람이 불기 시작했는지, 탑에 달린 풍탁의 울리는 소리가 베개에 사무치도록 들려왔다. 게다가 추위도 제법 더해져, 노년에 이른 내공은 눕고도 좀처럼 잠들지 못했다.

이리저리 뒤척이다가, 문득 코가 여느 때보다 이상하게 근질근질한 것을 느꼈다. 손을 대어 보니, 어디 물기라도 오른 듯 살짝 부어 있었다. 그 부분만 열이 도는 듯한 기운도 있었다.

——억지로 짧게 만들어서, 병이 생긴 것인지도 모른다.

내공은 불전 앞에 향과 꽃을 올리듯 공손한 손놀림으로 코를 누르며 이렇게 중얼거렸다.

다음 날 아침, 내공이 평소처럼 일찍 눈을 떠 보니, 절 안의 은행나무와 상수리나무 잎이 하룻밤 사이에 모두 떨어져, 뜨락은 황금빛을 깐 듯 밝아 있었다. 탑 지붕엔 서리가 내려앉은 모양이고, 옅은 아침 햇살 속에서 구륜이 눈부시게 빛났다. 내공은 덧창을 올린 툇마루에 서서 깊숙이 숨을 들이마셨다.

그때였다. 거의 잊고 지내려 했던 어떤 감각이, 다시 내공에게 돌아왔다.

내공은 다급히 코에 손을 가져갔다. 손끝에 닿은 것은, 어젯밤의 짧은 코가 아니었다. 윗입술 위에서 턱 밑까지 길게 늘어져, 다시 다섯, 여섯 치나 되는 옛날 그대로의 긴 코였다. 코가 하룻밤 사이에 다시 본래의 길이로 돌아온 것을 깨달은 내공은, 그와 동시에, 코가 짧아졌을 때 느꼈던 것과 비슷한 기이한 해방감이 또다시 스며드는 것을 느꼈다.

——이제라면, 누구도 나를 비웃지 못하리라.

내공은 마음속으로 이렇게 속삭였다. 길게 늘어진 코를, 새벽 가을바람에 흔들리게 하면서.

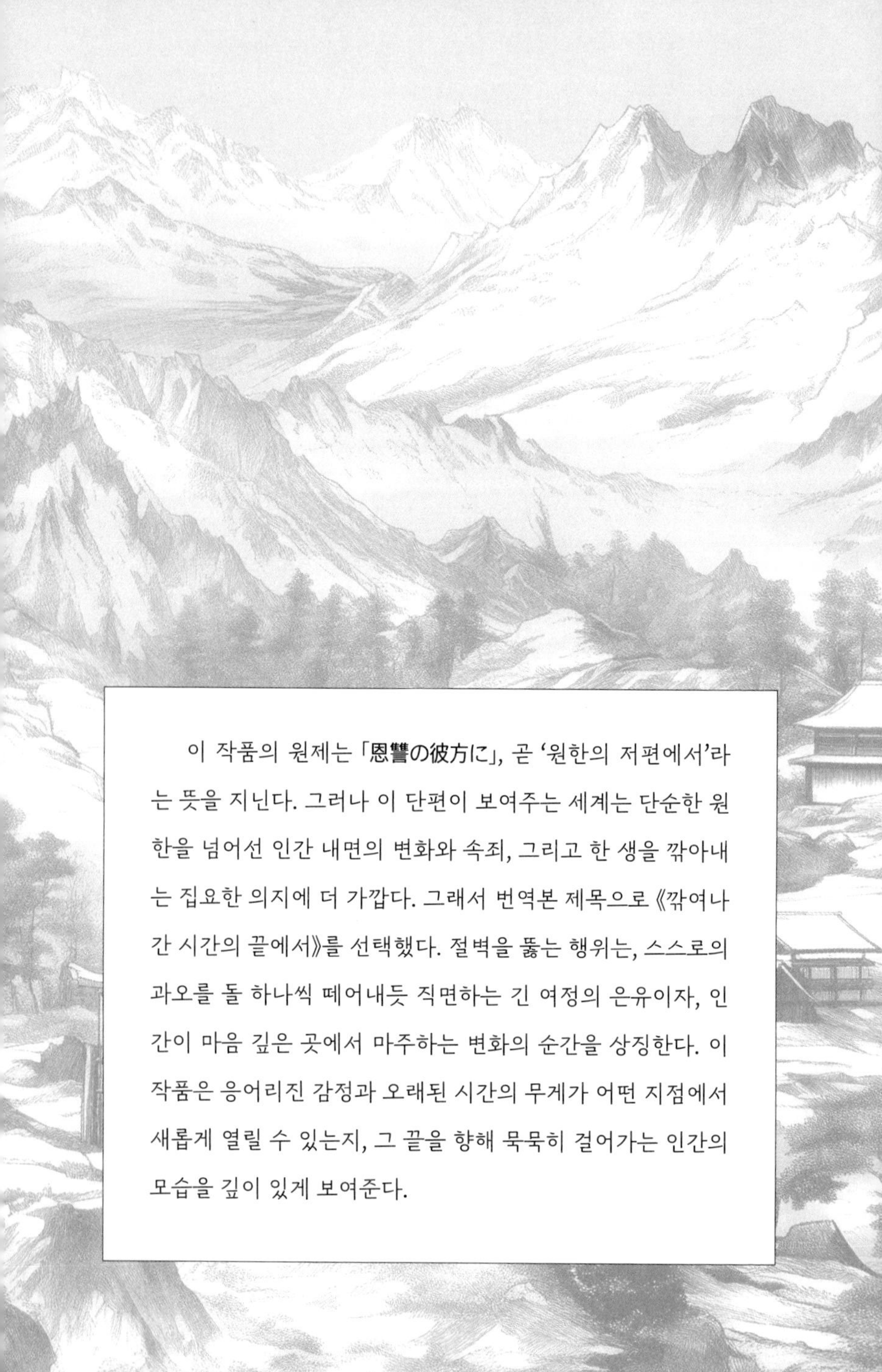

　　이 작품의 원제는 「恩讐の彼方に」, 곧 '원한의 저편에서'라는 뜻을 지닌다. 그러나 이 단편이 보여주는 세계는 단순한 원한을 넘어선 인간 내면의 변화와 속죄, 그리고 한 생을 깎아내는 집요한 의지에 더 가깝다. 그래서 번역본 제목으로《깎여나간 시간의 끝에서》를 선택했다. 절벽을 뚫는 행위는, 스스로의 과오를 돌 하나씩 떼어내듯 직면하는 긴 여정의 은유이자, 인간이 마음 깊은 곳에서 마주하는 변화의 순간을 상징한다. 이 작품은 응어리진 감정과 오래된 시간의 무게가 어떤 지점에서 새롭게 열릴 수 있는지, 그 끝을 향해 묵묵히 걸어가는 인간의 모습을 깊이 있게 보여준다.

깎여나간 시간의 끝에서

恩讐の彼方に

키쿠치 간

깎여나간 시간의 끝에서

1.

　이치쿠로는 주인의 베어오는 칼을 제대로 받아내지 못해, 왼쪽 뺨에서 턱으로 이어지는 곳에 비록 가벼운 상처이긴 하나, 칼을 맞았다. 스스로 저지른 죄―비록 상대 쪽에서 먼저 부추긴 일이라 해도, 주인의 총애하던 첩과 비정한 사랑을 나누었다는 치명적 죄를 인식하고 있던 이치쿠로는, 주인이 치켜든 칼을 운명적 형벌로 받아들이고 있었기에, 그 칼끝을 피하려 애쓰면서도 그것에 맞서려는 마음은 조금도 품지 못하고 있었다.

　그는 단지, 이런 미망 속에서 목숨을 버리기가 너무 아까워, 가능한 한 벗어나 보고 싶은 마음뿐이었다. 그래서 주인에게 불의의 죄를 들키고 칼이 날아들었을 때, 마침 방 안에 있던 촛대를 급히 손에 잡아, 날카로운 칼끝을 피하는 데 썼다. 그러나 쉰이 가까운 나이에도 여전히 장대하고 건장한 주인이 잇따라 내리치는 칼을, 반격조차 하지 못한 채 막아내기만 하던 그는, 언젠가 그 흐름을 놓쳐 결국 처음의 한 칼을 뺨에 맞게 된 것이었다.

하지만 일단 피를 보자, 이치쿠로의 마음은 단숨에 뒤바뀌었다. 그에게 남아 있던 분별은, 투우사의 창을 맞은 황소처럼 거칠게 뒤틀려 버렸다. 어차피 죽을 것이라 생각하니, 그 앞에는 세상도, 주종의 구별도 없었다. 지금까지는 주인이라 여겨온 그 남자가, 이제는 그저 자신의 목숨을 위협하는 하나의 짐승—그것도 흉포한 짐승으로밖에 보이지 않았다.

이치쿠로는 분연히 공격으로 전환했다. "오오-!" 하고 외치며, 손에 들고 있던 촛대를 상대의 얼굴을 향해 힘껏 던졌다. 이치쿠로가 단지 방어를 위한 방어를 하고 있다고 여겨 방심하고 있던 사부로베에는, 느닷없이 날아온 촛대를 피하지 못해, 그 촛대 받침의 모서리에 오른쪽 눈을 세차게 맞았다. 이치쿠로는 상대가 주춤한 그 틈을 놓치지 않고, 단도를 뽑기도 전에 몸을 날렸다.

"이놈, 감히 맞서겠다는 거냐!" 사부로베에는 분노에 차서 외쳤다. 이치쿠로는 말없이 파고들었다. 주인의 거의 세 자 길이 칼과, 이치쿠로의 짧은 단도가 두어 번, 세 번 격렬히 부딪혔다.

주종이 죽기를 각오하고 십여 합을 겨루는 동안, 주인의 칼끝은 몇 차례 낮은 천장을 스치며, 점점 칼을 다루기 어려운 상황에 빠졌다. 이치쿠로는 그 틈을 물고 늘어졌다. 사부로베에는 불리함을 깨닫자, 보다 자유로운 마당으로 나가려 들며 두세 걸음 뒤로 물러나 툇마루 밖으로 나갔다. 그 틈을 타 여전히 파고들려는 이치쿠로에게, 사부로베에는 "에이!" 하고 성급하게 내려베었다. 그러나 성급한 탓에 칼은 툇마루와 방 사이에 드리운 문기둥에 두어 치나 박히고 말았다.

"실수했구나!" 사부로베에가 칼을 빼내려는 순간, 이치쿠로는 몸을 들이밀어 주인의 옆구리를 힘껏 베어 가르았다.

상대가 쓰러지는 그 순간, 이치쿠로는 정신이 번쩍 들었다. 방금 전까지 흥분으로 흐릿했던 의식이 겨우 가라앉자, 그는 자신이 주인을 죽이는 큰 죄를 저질렀음을 깨닫고, 뉘우침과 두려움에 사로잡혀 그 자리에 털썩 주저앉고 말았다.

밤은 이미 초경을 넘기고 있었다. 본채와 하인들의 방은 멀리 떨어져 있었으므로, 주종 사이에 벌어진 이 무서운 격투는, 본채에 있던 여자하인들을 제외하고는 아직 아무도 눈치채지 못한 듯했다. 여자하인들은 이 격렬한 싸움에 넋을 잃고 한방에 모여 몸을 떨고 있을 뿐이었다.

이치쿠로는 깊은 후회에 사로잡혀 있었다. 그는 방탕하고 객기 있는 젊은 무사이기는 했으나, 지금까지 '악행'이라 부를 만한 짓은 한 번도 저지른 적이 없었다. 하물며, 여덟 개의 대역죄 중 첫째로 꼽히는 주인을 죽이는 대죄를 범하리라고는 꿈에도 생각지 못한 일이었다.

그는 피 묻은 단도를 다시 쥐었다. 주인의 첩인 오유미와 은밀한 정을 통했고, 그 탓에 처단을 받으려던 순간에 오히려 주인을 죽이고 말았다는 사실은, 어떤 변명으로도 자신에게 유리할 리 없었다. 아직 경련하듯 꿈틀거리는 주인의 시체를 눈가에 두고도, 그는 차분히 스스로 죽을 각오를 굳히고 있었다.

바로 그때였다. 다음 방에서, 큰 압박에서 풀려난 듯한 목소리가 들려왔다.

"정말, 어떻게 될까 마음을 졸였지 뭐야. 네가 둘로 잘려 나간 뒤엔, 이번엔 내 차례가 아니겠나 싶어서, 아까부터 병풍 뒤에 숨죽이고 있었다니까. 그런데, 정말 잘됐어. 이렇게 된 이상, 한순간도 지체할 수 없으니, 있는 돈을 긁어모아 도망치자. 아직 아무도 눈치채지 않은 것 같으니, 도망칠 거면 지금이야. 유모며 여자 하인들은 부엌 쪽에서 벌벌 떨고 있는 모양이니, 내가 가서 괜한 소동을 일으키지 말라고 하고 오마. 자, 너는 있는 돈을 얼른 찾으렴."

그 목소리는 분명 떨림을 머금고 있었다. 그러나 여성 특유의 완고한 기질로 그것을 억누르며, 애써 태연한 척하고 있는 모습이 역력했다.

이치쿠로는 이미 자기 고유의 동기나 판단력을 잃어버린 채였던 그였지만, 여자의 목소리를 듣자 마치 다시 살아난 듯 정신이 번쩍 들었다. 그는 자신의 의지라기보다 여자의 의지가 자신을 움직이는 듯한 허수아비 같은 상태로 벌떡 일어나, 방에 놓인 오동나무 찻장을 열기 시작했다. 하얀 나뭇결 위에는 그가 묻힌 피 묻은 손자국이 번졌다.

그가 서랍을 이리저리 찾는 동안, 주인의 첩 오유미가 부엌에서 돌아왔다. 이치쿠로가 찾아낸 것은 이슈긴[1] 다섯 냥이 든 보자기 하나뿐이었다. 오유미는 그것을 보더니 냉담하게 말했다.

"그까짓 푼돈이 뭐가 된다고 그래?"

그러고는 이번에는 자신이 분하다는 듯 서랍들을 마구 헤집었다. 마침내는 갑옷 상자까지 뒤졌지만, 고반[2] 한 닢조차 나오지 않았다.

"워낙 아끼는 사람이었으니, 항아리 같은 데 넣어 땅에 묻어두었는지도 모르지." 오유미는 이를 갈 듯 중얼거리며, 값나갈 만한 옷가지와 인롱[3]을 재빨리 보자기에 싸 넣었다.

이렇게 해서 이 간통을 저지른 두 남녀는 아사쿠사 다와라마치에 살던 기마 무사, 나카가와 사부로베에의 집을 빠져나온 것이 안에이 3년 가을 초입의 일이었다. 뒤에는, 겨우 세 살밖에 되지 않은 사부로베에의 외아들 시노스케가, 아버지의 참혹한 죽음도 모른 채 유모의 품에서 평온히 잠들어 있을 뿐이었다.

---

1   에도 시대의 소액 은화
2   에도 시대의 금화
3   에도 시대 상류층의 휴대용 용기

2

이치쿠로와 오유미는 에도(江戸)에서 도망쳐 나온 뒤, 도카이도[4]는 일부러 피하고 사람들의 눈을 피해 도산도를 따라 상방[5]을 향해 걸었다. 이치쿠로는 주인을 죽인 죄 때문에 끊임없이 양심의 가책을 받았다. 그러나 겐페키 다실[6]의 하녀 출신으로, 세상 물정에 사나운 오유미는 이치쿠로가 조금이라도 침울한 기색을 보이면, "어차피 흉악범이 된 이상, 아무리 끙끙거려도 소용없잖아. 배짱을 단단히 먹고 세상을 재미있게 사는 게 훨씬 현명한 일이야."라며 아침저녁으로 그의 마음에 악의를 부추겼다.

그러나 신슈에서 기소의 야부하라 숙소에 이르렀을 즈음, 두 사람의 여비는 백문어치도 남지 않았다. 그렇게 궁해지자, 마침내 악행을 저지르지 않을 수 없었다. 처음에는 이런 남녀 짝이 벌이기 가장 쉬운 쓰쓰모타세[7]를 생업으로 삼아, 신슈에서 오슈에 이르는 역마다 지나가는 상인과 농부의 여비를 빼앗았다. 초기에는 오유미의 거센 교사 때문에 악행에 손을 대기 시작했던 이치쿠로도, 마침내 악행의 묘미를 맛보기 시작했다. 낭인 차림의 이치쿠로에게 피해자들은 돈을 빼앗기면서도 저항하지 못했다.

---

4   에도와 교토를 잇는 큰 길
5   교토·오사카를 중심으로 한 간사이
6   길가에 있는 작은 찻집
7   여성을 미끼로 한 공갈 수법

악행이 점점 심화되자, 이치쿠로는 쓰쓰모타세에서 더 간단하고 손이 덜 드는 협박으로 옮겨 갔고, 마지막에는 노상강도조차 떳떳한 생업이라 여길 지경에 이르렀다.

그는 어느새 신슈에서 기소로 이어지는 도리이토개에 정착해 낮에는 찻집을 열고 밤에는 강도를 일삼았다. 그러한 생활은 더 이상 망설임도, 불안도 일으키지 않았다. 여윳돈이 있어 보이는 나그네를 노려 죽이고는 능숙하게 시신을 처리했다. 해마다 세네 건 그런 죄악을 저지르면 그의 일 년 살림은 충분했다.

그해, 에도를 떠난 지 삼 년째 봄이었다. 순행 중인 북국 다이묘 두 행렬이 잇달아 지나간 탓에 기소가도 역마다 유난히 붐볐다. 특히 그 무렵은 신슈를 비롯해 에치고·엣추에서 이세 참배객이 줄을 이었고, 그 중에는 교토에서 오사카까지 유람을 즐기는 이들도 많았다. 이치쿠로는 그들 중 둘셋을 쓰러뜨려 한 해의 생계를 마련할 생각이었다.

기소가도에도 삼나무와 히노키 사이사이에 피어난 산벚꽃이 흩날리기 시작한 어느 해질녘이었다. 이치쿠로의 찻집에 남녀 둘이 들렀다. 분명 부부였다. 남자는 서른이 넘었고, 여자는 스물셋이나 스물넷처럼 보였다.

이치쿠로는 두 사람의 차림새를 보자, 올해 제물은 이들이 될지도 모르겠다고 생각했다.

"이제 야부하라 숙소까지 얼마 남지 않았겠지." 남자는 그렇게 말하며 찻집 앞에서 짚신 끈을 고쳐 매려 했다. 이치쿠로가 대답하려는 찰나, 오유미가 부엌에서 나서며 말했다.

"그렇습니다. 이 고개만 내려가면 숙소까지는 반 길도 되지 않아요. 부디 천천히 쉬었다 가세요."

이치쿠로는 이 말을 듣자, 오유미가 이미 끔찍한 계획을 자신에게 부추기려 한다는 것을 깨달았다. 야부하라 숙소까지 아직 2리가 넘는 거리를, 마치 얼마 남지 않은 것처럼 말해 여행객의 경계를 풀게 하고, 그들이 어둠 속에 접어들 무렵 샛길로 앞질러 가 숙소 어귀에서 습격하는 것이 이치쿠로의 상투적인 수법이었다.

남자는 오유미의 말을 듣고 말했다. "그렇다면, 차 한 잔 청할까." 이미 그 한마디로 그들은 첫 번째 함정에 빠져들었다. 여자는 붉은 끈이 달린 여행용 삿갓을 벗어 들며 남편 곁에 바짝 다가앉았다. 부부는 이곳에서 고개를 다 오른 피로를 잠시 달랜 뒤, 촛불 값을 놓고 저녁빛으로 자줏빛에 잠겨 가는 오기소의 계곡을 향해 도리이토개를 내려갔다.

두 사람의 모습이 완전히 사라지자, 오유미는 신호를 보냈다. 이치쿠로는 사냥감을 추격하는 사냥꾼처럼 허리에 와키자시[8]를 찬 뒤 일도양단의 기세로 뒤를 쫓았다. 본가도를 오른쪽으로 꺾어 기소강의 흐름을 따라 험한 샛길을 재빨리 달렸다. 이치쿠로가 야

---

8   짧은 일본도

부하라 숙소 앞의 가로수길에 도착했을 때는, 봄날 긴 해는 완전히 저물고, 열흘 품의 달이 기소의 산 너머로 막 떠오르려 하여 희뿌연 달빛만이 산들을 아스라이 드러내고 있었다.

그는 길가에 자란 한 무더기 둥근잎 버들 아래 몸을 숨긴 채, 부부가 다가오기를 조용히 기다렸다. 그 역시 마음속 깊은 곳에서는, 행복한 여행을 즐기는 한 쌍의 목숨을 부당하게 빼앗는 일이 얼마나 깊은 죄인지 생각하지 않을 수 없었다. 그러나 이미 손을 댄 일을 중도에 그만두고 돌아갈 수는 없었다. 오유미가 있는 한 그의 의지대로 할 수 있는 일은 아무것도 없었다.

그는 가능하면 이 부부의 피를 보고 싶지 않았다. 상대가 조금의 반항도 없이 자신의 협박에 따르기만 한다면, 여비와 의복만 빼앗고 살육은 저지르지 않으려 했다. 그 결심이 거의 굳어질 무렵, 가도 저편에서 지친 발걸음으로 급히 다가오는 남녀의 모습이 보였다. 고갯길이 예상보다 멀었던 듯 둘은 완전히 지쳐 서로 부축하며 말없이 다가왔다.

부부가 버들숲 곁에 이르자, 이치쿠로는 갑자기 길 한가운데로 뛰어나갔다. 그리고 지금까지 수없이 반복해 입에 익힌 협박의 말을 내던졌다. 그러자 남자는 절박한 듯 여행용 단도를 뽑아 들고 아내를 뒤로 감싸며 겨눴다. 잠시 기세가 꺾인 이치쿠로는 목소리를 더욱 높여 외쳤다.

"이보시오, 나그네! 저항하다 허망한 목숨을 잃지 마시오! 목숨까지 빼앗겠다는 말은 아니네. 가진 돈과 의복만 얌전히 두고 가게!"

남자는 이치쿠로의 얼굴을 똑바로 응시하더니,

"아아! 아까 고개의 다실 주인이 아니오!" 하고 절박하게 덤벼들었다.

이치쿠로는 이제 끝이라고 생각했다. 얼굴을 알아본 이상, 자신들과 오유미의 안전을 위해 이 남녀를 살려 둘 수는 없었다. 상대의 필사적 공격을 능숙하게 비켜내며, 그는 한 칼을 남자의 목덜미에 내리꽂았다. 아내는 길가에 주저앉아 정신을 잃은 듯 몸을 떨고 있었다.

이치쿠로는 여자를 죽이는 것이 차마 내키지 않았다. 그러나 자신이 위태롭게 되는 일과 바꿀 수는 없다고 생각했다. 남편을 죽이고 살기가 아직 사라지지 않은 틈에 마저 치워야 한다고 여기며, 핏자루를 높이 쳐들고 여인에게 다가갔다. 여자는 두 손을 모아 이치쿠로에게 목숨을 구해 달라 애원했다. 그 눈빛이 마주 닿는 순간, 그는 도무지 칼을 내릴 수 없었다. 하지만 죽이지 않으면 안 된다고도 생각했다.

그때 이치쿠로의 탐욕은, 이 여자를 칼로 베어 옷까지 망가뜨리는 것은 아깝다는 마음을 불러일으켰다. 그 생각이 들자 그는 허리에 걸고 있던 손수건을 풀어 여자의 목을 조였다.

두 사람을 죽이고 나자, 이치쿠로는 갑자기 살인을 저질렀다는 공포가 엄습해 한 순간도 그 자리에 머물 수 없을 만큼 괴로움을 느꼈다. 그는 두 사람의 돈주머니와 옷가지를 빼앗아 들고 허둥지둥 그곳을 빠르게 벗어났다. 지금까지 열 명이 넘는 사람을 죽이긴 했지만, 그들은 모두 머리가 희끗한 노인이나 장사치 같은 부류였고, 이처럼 젊은 부부를 두 사람이나 자기 손으로 죽인 적은 한 번도 없었다.

그는 깊은 양심의 가책에 사로잡힌 채 돌아왔다. 집에 들어서자마자 남녀의 옷과 돈을 마치 더러운 것처럼 오유미 쪽으로 내던졌다. 오유미는 태연하게 먼저 돈을 살펴보았다. 돈은 기대보다 적어, 겨우 스무 냥을 조금 넘는 정도였다.

오유미는 죽은 여자의 옷을 집어 들고 말했다. "이야, 황하치조[9]에 문치리멘[10] 속적삼이라니. 그런데 말이야, 이 여자 머리에 단 건 어떻게 한 거야?"

"머리에 단 것…!" 이치쿠로는 반쯤 대답하듯 중얼거렸다.

"그래, 머리 장신구 말이야. 황하치조에 문치리멘 차림이라면, 머리 장신구라고 해서 싸구려 빗이나 칼핀 따위일 리가 없잖아. 나는 말이야, 아까 그 여자가 스게가사를 벗을 때 슬쩍 봐 두었지.

9   에도 시대 최고급 직물 중 하나
1 0   무늬가 들어간 최고급 비단 소재

타이마이 장신구 세트[11]임이 틀림없어."

오유미는 이치쿠로에게 달려들 듯 몰아붙였다. 죽인 여자의 머리 장신구 같은 것은 꿈에도 생각지 못했던 이치쿠로는 어찌할 바를 몰랐다.

"여보, 설마 챙기는 걸 잊은 건 아니겠지? 타이마이라면 일곱 냥도, 여덟 냥도 확실하단 말이야. 풋내기 도둑도 아니고, 대체 뭐 하러 사람을 죽인 거야? 그렇게 비싼 옷을 입은 여자를 죽여 놓고 머리 장신구 하나 눈치 못 챙기다니, 언제부터 그렇게 어수룩한 도둑이 된 거야? 도대체 무슨 멍청한 짓을 한 거냐고, 말 좀 해보라고!"

오유미는 점점 기세등등해져 이치쿠로에게 달려들 듯 몰아붙였다.

두 젊은 남녀를 죽인 죄책감이 마음 깊은 곳까지 스며들고 있던 이치쿠로는, 오유미의 말에 깊이 상처받았다. 그는 '머리 장신구를 챙기지 못했다'는 실책이나 도둑으로서의 무능을 후회하지는 않았다. 두 사람을 죽인 것이 잘못이라고 생각했기 때문에, 살의를 품은 채 정신이 뒤흔들려 여자의 머리에 열 냥에 가까운 장신구가 달려 있었던 사실을 그저 완전히 잊었을 뿐이었다. 지금 돌아보아도, 그것을 잊은 일을 후회하는 마음은 조금도 일어나지

11　바다거북 껍질로 만든 고급 머리 장식

않았다.

　비록 강도로 전락해 이익을 위해 사람을 죽였지만, 뼈까지 발라 먹을 악귀처럼 굴지는 않았다. 그 점을 생각하면, 이치쿠로는 스스로를 전적으로 타락한 존재라고 여기지는 않았다. 그럼에도 오유미는, 같은 여성이 참혹하게 죽어 입고 있던 속옷까지 살육자의 전리품으로 눈앞에 내던져지는 상황에서도, 여전히 더 얻어낼 것이 없는지 탐욕을 부리고 있었다. 그 탐욕이, 그리 악한 이치쿠로조차 눈여겨보지 않았던 머리 장신구 하나에까지 뻗쳐 있다는 사실이 떠오르자, 이치쿠로는 오유미에게 견딜 수 없는 비열함을 느꼈다.

　오유미는 이치쿠로 마음속에 이런 격렬한 변화가 일어나고 있음을 전혀 모른 채 말했다. "자, 어서 한 번 달려갔다 오라고. 우리 손에 들어온 걸 마다할 이유는 없잖아?" 그녀는 자신의 말이 지극히 당연하다고 믿는 듯, 승리감 어린 표정을 띠고 있었다. 그러나 이치쿠로는 묵묵히 응답하지 않았다.

　"어머나, 내 말이 기분을 상하게 했던 모양이네? 정말 갈 생각이 없는 거야? 열 냥 가까운 횡재를 그냥 허공에 날려버릴 셈이야?" 오유미는 몇 번이고 이치쿠로를 몰아붙였다.

　언제나 오유미의 말이라면 무조건 따르던 이치쿠로였지만, 지금 그는 격렬한 내적 동요 속에 사로잡혀 오유미의 말조차 귀에 들어오지 않을 만큼 생각에 잠겨 있었다.

오유미가 말했다. "아무리 말해도 안 간다는 거지? 그렇다면 내가 다녀오지 뭐. 장소는 어디야? 역시 늘 가던 그곳인가?"

오유미에게 참지 못할 혐오를 느끼기 시작한 이치쿠로는, 오유미가 잠시라도 자기 곁을 떠나는 것이 오히려 기쁘기까지 했다.

"뻔한 일이지. 늘 그렇듯 야부하라 숙소 어귀의 소나무 가로수 길이야." 이치쿠로는 욕을 내뱉듯 말했다.

"그럼, 다녀올게. 달이 떠서 바깥도 밝으니 문제 없겠네. 정말이지, 못 하는 일이란 없어야지."

오유미는 그렇게 말하며 옷자락을 걷어 올리고, 조리를 꿰어 신은 뒤 그대로 내달렸다.

이치쿠로는 오유미의 뒷모습을 바라보며, 마음속이 참혹한 비참함으로 가득 차올랐다. 죽은 여자의 머리 장신구를 벗기겠다고 피눈이 되어 달려가는 그녀의 모습은, 한때 사랑을 품었던 대상이었기에 더욱 참기 어려울 만큼 비열하게 느껴졌다. 게다가 자신이 악행을 저지를 때는—설령 무참히 사람을 죽이거나, 금품을 훔칠 때조차—'내가 하고 있는 일'이라는 묘한 자기 합리화가 작용해 그 비열함을 깊이 느끼지 못한 적이 많았다. 그러나 누군가가 악행을 저지르는 모습을 이렇게 곁에서 조용히 지켜본다는 것은 전혀 달랐다. 그 사악함과 비참함은, 은폐 없이 적나라하게 이치쿠로의 눈앞에 드러났다.

자신이 목숨을 걸고까지 손에 넣은 여자라는 사람이, 고작 다섯 냥, 열 냥 남짓한 타이마이 장신구 때문에 여성으로서의 온순함을 모조리 내던지고 마치 시신에 달려드는 이리처럼, 죽은 여자의 몸을 뒤쫓아 달려가는 모습을 보자, 이치쿠로는 이 죄악의 거처에서 이 여자와 함께 단 한순간도 더 머물 수 없다는 생각이 들었다.

그 생각이 일자, 그동안 자신이 저질렀던 모든 악행이 차례로 되살아나 그의 마음을 갈기갈기 찢었다. 목을 졸라 죽인 여인의 눈동자, 피투성이가 된 고치 상인의 신음소리, 칼 한 번에 쓰러졌던 백발 노인의 비명—그 모든 것이 한데 뒤엉켜 이치쿠로의 양심을 사정없이 덮쳤다.

그는 한순간이라도 빨리 과거로부터 도망치고 싶었다. 아니, 자기 자신에게서조차 도망치고 싶었다. 하물며, 자신에게서 악행의 씨앗을 틔운 오유미에게서라면 어떻게든 멀리 달아나고만 싶었다.

이치쿠로는 단호히 일어났다. 옷 두어 벌을 풍로시에 싸고, 조금 전 남자에게서 빼앗은 돈주머니를 당장의 여비로 품속에 넣은 채, 제대로 준비도 하지 않고 밖으로 뛰쳐나갔다. 하지만 겨우 열 칸 남짓 달린 순간, 문득 자신이 가진 돈이며 옷이며 모두 도둑질한 것이라는 사실이 떠올랐다. 그는 마치 뒤에서 등을 떠밀린 듯 되돌아가 집의 가마치에 그 옷과 돈을 있는 힘껏 내던졌다.

이치쿠로는 오유미를 마주치지 않기 위해 길 아닌 길을 골라

기소강을 따라 무작정 달렸다. 어디로 간다는 목적도 없었다. 그저 이 죄악의 근거지에서, 한 치라도—한 순간이라도—더 멀리 도망치고 싶었을 뿐이었다.

3

이치쿠로는 20리가 넘는 길을 산과 들을 가리지 않고 한숨에 달려, 다음 날 한낮 무렵 미노국 오가키 인근의 정원사로 뛰어들었다. 그는 처음부터 이 절을 목표로 한 것은 아니었다. 도망치던 중 우연히 절 앞에 이르렀을 때, 혼란 속에서 솟아오른 참회심이 문득 종교적 빛에라도 매달려 보고 싶다는 생각을 일으킨 것이었다.

정원사는 미노 일대 진언종의 승록이었고, 이치쿠로는 현왕명편 대덕의 소매를 붙잡고 온 마음을 다해 참회의 뜻을 고했다. 상인은 역시나 이 극악한 죄인조차 버리지 않았다. 이치쿠로가 관청에 자수하겠다고 하자, 상인은 그를 제지하며 말했다.

"거듭 악업을 쌓은 네 몸이니, 관헌의 손에 붙들려 효수형을 당하고 현세의 응보를 받는 것도 한 방편일 것이다. 그러나 그것으로는 미래 영겁의 초열지옥에서 끊임없는 고통을 받지 않을 수 없을 것이다. 차라리 불도에 귀의하여 중생을 제도하고, 몸과 목숨을 버려 사람을 구함과 동시에 너 자신의 구제를 이루는 것이 가장 중요하니라."

이 말을 들은 이치쿠로는 다시금 뜨거운 참회에 사무쳐, 그 자리에서 출가를 결심했다. 그는 상인의 인도로 득도하여 료카이라는 법명을 받고, 온몸과 마음을 다해 불도 수행에 헌신했다.

도심이 격렬했던 만큼 그의 수행은 반 년도 되지 않아 빛을 발했다. 아침에는 삼밀행법에 깊이 몰두했고, 저녁에는 비밀염불의 선정에서 떠나지 않았다. 수행과 지혜는 얼음과 서리보다 맑게 벼려져, 마침내 훌륭한 지식(知識)[12]이라 불릴 만큼 자라났다.

자신의 신심이 확고해 흔들리지 않음을 자각한 그는 스승의 허락을 얻어 중생을 구제하는 큰 서원을 세우고 제국을 떠도는 운수승의 길에 나섰다.

미노국을 떠나 가장 먼저 경락(京洛)[13]으로 향했다. 그는 여러 사람을 죽여 놓고도—비록 승려의 모습이라 하나—자신이 여전히 살아 있다는 사실을 견딜 수 없었다. 길 위의 고통받는 사람들을 도우며, 과거 죄업의 만분의 일이라도 갚고자 했다. 특히 스스로가 기소 산중에서 행인들을 괴롭혔음을 생각하면 여행길의 모든 사람들에게 갚아야 할 빚을 지고 있는 듯했다.

그는 걷고 머물고 앉고 눕는 어느 때라도 남을 위하지 않는 순간이 없었다. 길에서 곤경에 처한 이를 보면 손을 잡아 이끌고 허리를 밀어 돕기를 주저하지 않았다. 병든 노인이나 아이를 업고 수 리의 길을 걸은 적도 있었고, 마을길의 작은 다리가 무너져 있으면 스스로 산에 들어가 나무를 베고 돌을 나르고 고쳐 놓았다. 길이 무너지면 흙과 돌을 날라 메우는 일도 마다하지 않았다.

12　수행을 이끄는 성자
13　교토

이렇게 기내에서 중국(中國)[14]까지 선행을 쌓는 데만 마음을 쏟았으나, 등에 짊어진 죄는 하늘보다 높고 쌓아가는 선행은 땅보다도 낮다고 생각하니, 이치쿠로는 새삼 자신의 반생에 걸친 악업의 깊이를 비통하게 느꼈다. 사소한 선행으로는 결코 자신의 극악을 갚을 수 없음을 알게 된 그는, 여관에서 잠을 깰 때조차 이 미약한 보답으로 살아 있는 자신이 너무도 부끄럽고 한심하게 여겨져 차라리 스스로 목숨을 끊고 싶다는 생각까지 들었다. 그러나 그때마다 그는 뜻을 돌려 불퇴전의 용기로 마음을 다잡고, 언젠가 중생을 구제하는 큰 업을 이루게 해달라고 간절히 기원했다.

교호 9년 가을이었다. 이치쿠로는 아카마가세키에서 고쿠라로 건너가, 부젠국의 우사 하치만구에 참배한 뒤, 야마쿠니가와를 거슬러 기사쿠센 라칸지에 이르려 하고 있었다. 그는 요카이치에서 남쪽으로 붉은 흙이 드넓게 펼쳐진 황야를 지나, 다시 산국천의 계곡을 따라 길을 더듬어 갔다. 츠쿠시의 가을은 역참마다 깊어가고, 잡목 숲에서는 하제나무가 붉게 물들어 터질 듯했고, 들에는 벼가 누렇게 익어 고개를 숙이고 있었다. 농가의 처마 밑에는 이 일대의 명물인 감이 선홍빛 구슬처럼 주렁주렁 달려 있었다.

8월에 들어 얼마 되지 않은 어느 날, 이치쿠로는 가을 햇살이

찬란히 비치는 산국천의 맑고 차가운 물줄기를 오른쪽에 두고, 미쿠치에서 호토케자카 고갯길을 넘어, 한낮 무렵 히다의 역참에 도착했다. 적막한 역참에서 점심 공양을 한 뒤, 다시 산국계곡을 따라 남쪽으로 향했다.

히다 역참을 벗어나자 길은 다시 산국천을 따라 이어지고, 화산암이 드러난 험한 강가를 스치듯 달리고 있었다. 걷기 힘든 돌길을 지팡이에 의지해 더듬어 가던 중, 그는 길가에서 이 근처 농부로 보이는 네다섯 사람이 모여 소리 높여 떠드는 모습을 보았다. 이치쿠로가 다가가자, 그중 한 사람이 벌써 그를 보고 말했다.

"잘 오셨소, 스님. 비명횡사한 가엾은 망자요. 지나가시는 인연으로 한 번 공덕을 돌려주시지요."

'비명횡사'라 들은 순간, 이치쿠로는 혹 산적에게 살해된 나그네의 시신일지도 모른다고 생각했다. 순간, 그동안 저질러온 악업이 떠올라 두 다리가 와들와들 떨렸다.

"보기에는 익사한 사람 같은데, 여기저기 살이 찢긴 것은 어찌된 까닭이오?"

그는 두려움에 사로잡힌 목소리로 물었다.

한 농부가 답했다.

"스님은 나그네시니 모르시겠으나, 이 강을 반 정(町)쯤 올라가면 쇄도시라는 험한 곳이 있소. 산국계곡에서 첫째가는 난코(難

所)[15]라, 남북으로 오가는 인마가 몹시 애를 먹는 곳이오. 이 남자
는 카키사카고에 사는 마부인데, 오늘 아침 쇄도시를 건너던 중
말이 미쳐 날뛰어 다섯 장(丈)에 가까운 높이에서 곤두박질쳐 이처
럼 처참한 최후를 맞았소."

이치쿠로는 가슴이 덜컥 내려앉았다.

"쇄도시라면 원래 험한 곳이라 들었으나, 이토록 애달픈 일이
자주 일어나는 것이오?" 그는 숙연히 시신을 바라보며 물었다.

농부들은 시신을 정리하면서 말했다.

"해마다 서너 사람, 많으면 열 사람도 뜻밖의 변을 당하오. 난
코 중의 난코라, 비바람에 다리가 썩어도 마음대로 고치기도 어렵
소."

이치쿠로는 비운의 희생자를 위해 한 번 경을 읊고는, 걸음을
재촉해 쇄도시로 향했다. 그곳까지는 채 한 정(町)도 남지 않았다.
가까이 가 보니, 강 왼편에 치솟은 산이 거칠게 깎인 절벽을 이루
며 산국천을 굽어보고 있었다. 십 장에 가까운 절벽은 잿빛의 거
친 주름을 드러내고 있었다. 산국천의 물줄기는 그 절벽에 빨려들
듯 이곳으로 모여들어, 그 발치에서 짙푸른 물빛을 고요히 간직한
채 소용돌이치고 있었다.

마을 사람들이 "쇄도시"라 부른 곳은 바로 이곳이리라고, 그는

생각했다. 길은 그 절벽에서 끊겨 있었고, 절벽의 중턱에는 소나무와 삼나무의 둥근 통나무를 사슬로 이어 걸어 만든 잔도가 위태롭게 이어져 있었다. 연약한 부녀자가 아니더라도, 아래로 고개를 숙이면 다섯 장(丈)이 넘는 물결이 아찔하게 펼쳐지고, 위로 올려다보면 거의 열 장에 이르는 절벽이 머리를 누르는 듯 버티고 있으니, 넋이 나가고 마음이 떨리는 것도 당연한 일이었다.

이치쿠로는 바위벽에 몸을 의지한 채, 떨리는 발을 굳게 디디며 겨우 건너 절벽을 돌아본 순간, 그의 마음속에서 거대한 서원이 번개처럼 솟구쳤다.

그가 쌓아온 속죄는 너무 보잘것없었다. 이치쿠로는 자신이 정진과 용맹심을 시험할 만한 중대한 업을 만나기를 기도하곤 했었다. 지금 눈앞에서 지나가는 사람들이 고난을 겪고, 해마다 열 명 가까운 목숨을 앗아가는 난코를 보게 되자, 그는 자신이 몸과 목숨을 바쳐 이 위험한 곳을 없애겠다는 뜻이 불같이 치솟은 것이다. 200여 간(間)에 이르는 절벽을 굽어 뚫어 길을 내겠다는 대담무쌍한 서원이 그의 가슴에 떠오른 것이었다.

이치쿠로는 자신이 오래도록 찾아 헤매던 업이 여기에 있다고 느꼈다. 한 해에 열 명을 구한다면, 십 년이면 백 명, 백 년·천 년이 흐르는 동안에는 억만의 생명을 구제할 수 있으리라 생각했던 것이다.

결심이 서자 그는 한길로 실행에 착수했다. 그날부터 그는 라칸지의 숙방에 머물며, 야마쿠니가와를 따라 자리한 마을들을 돌며 굴착 공사를 위한 시주를 권했다. 그러나 누구 하나 이 떠돌이 승려의 말을 귀 기울여 들으려 하지 않았다.

"셋 정(町)을 넘는 대반석을 뚫겠다는 미친놈이지, 하하하." 이렇게 비웃는 자는 오히려 나은 편이었다. "새빨간 사기꾼이다. 바늘구멍으로 하늘을 들여다보는 소리를 하면서, 돈이나 속여 빼내려는 큰 사기꾼이다." 심지어는 이치쿠로의 권유를 박해하듯 몰아세우는 자도 있었다.

이치쿠로는 열흘 동안이나 공연한 권선에 힘썼으나, 어느 누구도 귀를 기울이지 않는 것이 드러나자, 그는 분연히 홀로 이 대업을 맡을 것을 결심했다. 그는 석공이 다루는 망치와 정을 구해 들고, 거대한 절벽의 한 끝에 섰다. 그것은 한 폭의 풍자화와도 같은 모습이었다. 아무리 쉽게 깎이는 화산암이라 한들, 강을 누르듯 솟아 오른 구불구불한 대절벽을 이치쿠로는 홀몸 하나로 뚫겠다는 것이었다.

"드디어 미쳐버렸구나!" 지나는 이들은 그의 모습을 손가락질하며 비웃었다.

그러나 이치쿠로는 꺾이지 않았다. 그는 야마쿠니가와의 맑은 물에 몸을 씻고, 관세음보살께 기도한 뒤, 온 힘을 다해 첫 번째 망치질을 내리쳤다.

망치질에 응하듯, 절벽에서는 겨우 돌 몇 조각이 튀어 흩어졌을 뿐이었다. 그러나 그는 다시 힘을 모아 두 번째 망치를 내리쳤다. 또다시 작은 파편 서너 개가, 거대한 암석 덩어리에서 떨어져 나왔을 뿐이었다. 세 번째, 네 번째, 다섯 번째… 이치쿠로는 온힘을 다해 망치를 내리쳤다. 허기가 느껴지면 근처 마을에 탁발을 나갔고, 배가 차면 다시 절벽 앞에 서서 망치를 들었다. 해이함이 마음에 일기라도 하면, 그는 곧 진언을 외워 용맹심을 떨쳐 일으켰다. 하루, 이틀, 사흘… 그의 노력은 한순간도 끊어진 적이 없었다. 길을 지나는 사람들은 그의 곁을 지날 때마다 비웃음을 쏟아냈다. 그러나 이치쿠로의 마음은 그조차 털끝만큼도 흔들리지 않았다. 조롱을 들을 때마다 그는 오히려 망치를 쥔 손에 더욱 힘을 불어넣었다.

이윽고 그는 비바람을 막기 위해 절벽 가까이에 작은 나무집을 지었다. 새벽, 야마쿠니가와 물결에 별빛이 비칠 무렵이면 자리에서 일어나고, 저녁, 여울물의 울림이 고요한 하늘과 땅에 퍼질 무렵까지 망치를 멈추지 않았다. 그러나 왕래하는 사람들은 여전히 조롱을 멈추지 않았다.

"분수도 모르는 바보 중이로군." 그들은 그의 노력을 눈여겨볼 생각조차 하지 않았다.

그러나 이치쿠로는 오직 한 마음으로 망치를 휘둘렀다. 망치를 휘두르고 있는 동안만큼은 그의 마음에 어떤 잡념도 떠오르지 않았다. 사람을 죽였던 회한도, 극락에 태어나겠다는 욕망도 없었다. 다만 그곳에는 맑고 거침없는 정진의 마음이 있을 뿐이었다. 출가한 뒤 매일 밤마다 그를 괴롭히던 악업의 기억이, 날이 갈수록 옅어져 가는 것을 그는 느꼈다. 이치쿠로는 더욱 용맹심을 떨쳐 일으키며 오로지 한길로만 망치를 휘둘렀다.

새해가 왔다. 봄이 오고, 여름이 오고, 어느덧 일 년이 흘렀다. 그의 노력은 헛되지 않았다. 거대한 절벽 한쪽에, 깊이 한 장(丈)에 가까운 작은 굴이 파여 있었다. 비록 손바닥만 한 굴이었지만, 이치쿠로의 굳센 의지와 정진의 첫 자취가 분명히 새겨져 있었다.

그러나 근처 마을 사람들은 또 그를 비웃었다.

"저걸 좀 보아라! 미친 중이 일 년이나 파서 고작 저것뿐이야." 그들은 이렇게 조롱했다.

하지만 이치쿠로는 자신이 파낸 그 작은 굴을 바라보며, 눈물이 날 만큼 기뻤다. 깊고 얕음을 떠나, 그것은 틀림없이 자신의 정진이 낳은 실상이었기 때문이다. 해가 거듭될수록 그는 더욱 분발했다. 밤에는 암흑 같은 굴 안에서, 낮에도 어둑한 그 속에서, 그는 다만 오른팔 하나만을 미친 듯 휘둘렀다. 이치쿠로에게 있어 오른팔을 흔드는 일은 이미 그의 종교적 삶 전체가 되어 있었다.

굴 밖에는 해가 빛나고 달이 비치며, 비가 내리고 폭풍이 지나갔다. 그러나 굴 속에는 끊임없는 망치 소리만이 울려 퍼지고 있었다.

2년째가 끝나도록 마을 사람들은 여전히 이치쿠로를 비웃었다. 그러나 이제 그 비웃음은 더 이상 입 밖으로 나오지는 않았다. 그저 이치쿠로의 모습을 보고 난 뒤 서로 얼굴을 마주하며 실없이 웃어 보일 뿐이었다. 또 한 해가 지났다. 그가 내리치는 망치 소리는 야마쿠니가와의 물소리처럼 끊이지 않고 울려 퍼졌다. 마을 사람들은 더는 아무 말도 하지 않았다. 그들의 비웃음은 어느새 놀라움으로 바뀌어 있었다.

이치쿠로는 머리를 빗지도 않아 길어진 머리칼이 어느새 양 어깨를 덮었고, 목욕도 하지 않아 때가 눌어붙어 사람이라고 하기 어려울 정도였다. 그러나 그는 자신이 파낸 동굴 속에서 짐승처럼 꿈틀거리며, 광기에 사로잡힌 사람처럼 망치를 휘두르기만 했다.

사람들의 놀라움은 시간이 흐르며 동정으로 변해 갔다. 이치쿠로가 잠시 틈을 내어 탁발을 나서려 하면, 동굴 입구에는 뜻밖에도 누군가 올려둔 한 그릇의 공양이 놓여 있는 일이 잦아졌다. 덕분에 그는 탁발에 쓸 시간을 줄여 더 많은 시간을 절벽 앞에서 보낼 수 있었다.

네 해째가 지나가던 무렵, 그가 파낸 동굴은 이미 깊이가 다섯 장(丈) 가까이 되었다. 그러나 삼정(町)을 넘는 거대한 절벽에 비하면, 그의 성취는 여전히 망양의 탄식을 불러일으킬 만큼 미미했다. 마을 사람들은 그의 열성과 의지에 놀라긴 했지만, 그토록 허무해 보이는 노력을 돕고자 나서는 이는 단 한 사람도 없었다.

이치쿠로는 혼자서 이 일을 계속해야 했다. 그러나 이미 굴을 파는 일에 삼매경에 든 그는 망치를 휘두르는 것 외에는 아무 마음도 품지 않았다. 그는 들쥐처럼, 숨이 붙어 있는 동안은 오직 파고 또 파는 일 외에 다른 생각을 가지지 않았다. 그는 홀로 꿋꿋하게 동굴을 파고 나갔다.

동굴 밖으로는 봄이 가고 가을이 오고, 네 계절의 풍경이 수없이 바뀌었으나 동굴 속에는 끊임없는 망치 소리만이 울려 퍼질 뿐이었다.

"가여운 중이로군… 미쳤나 보지. 저 거대한 절벽을 뚫겠다고 저러고 있으니… 십 분의 일도 못 파고, 결국 저놈 생명이 먼저 끝날 게 뻔하다."

길을 가던 이들은 그의 헛된 노력을 이제 비웃는 대신 슬퍼하기 시작했다.

그러나 한 해가 지나고 두 해가 지나, 아홉 해째 끝무렵이 되었을 때— 그가 뚫은 굴은 이미 입구에서 안쪽까지 스물두 간(間)에 이르고 있었다.

히다 마을 사람들은 그제야 그의 사업이 "혹시 가능할지도 모른다"는 사실을 깨달았다. 지친 걸음의 떠돌이 승려 하나가 아홉 해 만에 이만큼 파낼 수 있다면, 사람을 더하고 세월을 더한다면 저 엄청난 절벽을 관통하는 것도 불가능하지만은 않다는 믿음이 마을 사람들의 마음속에 자리 잡기 시작한 것이다.

아홉 해 전, 이치쿠로의 간진[16]을 한목소리로 물리쳤던 야마쿠니가와 주변의 일곱 마을 사람들은, 이번엔 자발적으로 굴착 공사의 시주에 협력하기 시작했다. 돌을 다루는 장인 몇 명이 그의 사업을 돕기 위해 고용되었다. 이치쿠로는 더 이상 홀로가 아니었다. 절벽에 내려치는 수많은 망치 소리는 동굴 깊은 곳에서부터 씩씩하고 활기찬 울림으로 퍼져 나왔다.

그러나 다음 해가 되었을 때, 마을 사람들이 공사의 진행 상태를 가늠해 보니 아직 절벽의 4분의 1에도 미치지 못한 것을 알게 되었다. 그러자 사람들은 다시금 낙담과 의심을 드러내기 시작했다.

"사람을 아무리 늘린들, 이 일은 도무지 성취되지 않을 게야. 공연히 료카이에게 속아 쓸데없는 출비만 했지." 사람들은 진척되지 않는 공사에 어느새 염증을 느끼기 시작했다. 이치쿠로는 또다시 혼자 남아야 했다.

그는 곁에서 망치를 휘두르던 사람들이 하나 줄고, 둘 줄고, 마침내 아무도 남지 않았음을 깨달았다. 그러나 그는 결코 떠나는 이들을 붙잡지 않았다. 다만 묵묵히, 오직 자신의 망치만을 계속 내리칠 뿐이었다.

마을 사람들의 관심은 완전히 그의 주변에서 멀어졌다. 동굴

---

16 시주 모집

이 깊어지면 깊어질수록, 그 안쪽에서 망치를 휘두르는 이치쿠로의 모습은 지나가는 사람들의 눈길에서도 멀어져 갔다. 사람들은 어둠 속으로 잠겨 있는 그 동굴을 가만히 들여다보며, "료카이 스님은… 아직도 하고 계신 걸까?" 하고 수군거렸다. 그러나 그런 관심도 차츰 옅어져, 이치쿠로의 존재는 이따금 사람들의 마음에서조차 사라질 지경이 되었다.

하지만 이치쿠로에게도 마을 사람들에게도, 서로의 존재는 처음부터 무관한 것처럼 느껴졌다. 그에게는 오직 눈앞에 버티고 선 거대한 절벽만이 존재할 뿐이었다.

그러나 그는 이미 십 년이 넘도록 어둡고 차가운 바위 바닥에 단정히 앉아 지내면서, 얼굴빛은 창백해지고 두 눈은 깊게 팬 데다, 몸은 야위어 뼈가 드러나 살아 있는 사람이라 보기조차 어려웠다. 그럼에도 그의 마음 속에서는 퇴전함이 없는 용맹심이 끊임없이 타올랐다. 그에게는 오직 하나—한 치라도, 한 촌이라도 더 절벽이 깎이는 것만이 전부였다. 그럴 때마다 그는 참지 못하고 기쁨의 소리를 내지르곤 했다.

그렇게 홀로 남겨진 채 다시 삼 년이 지났다. 그러자 마을 사람들의 관심은 다시금 이치쿠로에게로 돌아왔다.

호기심에 이끌려 동굴의 깊이를 재어보니, 이미 그 길이가 육십오 간(間)에 이르고 있었고, 강을 마주한 절벽에는 채광을 위한 창 하나가 뚫려 있었다. 거대한 절벽의 삼분의 일을 거의 대부분이치쿠로의 야윈 팔이 관통하고 있었던 것이다.

사람들은 다시 눈을 크게 뜨고 놀라워했다. 그들은 지난날의 무지를 부끄러워했다. 이치쿠로에 대한 존숭의 마음이 그들의 가슴속에 다시금 살아나기 시작했다.

얼마 지나지 않아 새로이 시주된 돈으로 불린 열 명 가까운 석공들이 이치쿠로의 공사를 거들기 위해 고용되었다. 이제 그의 곁에는 더 이상 절대적 고독만이 있지 않았다. 수많은 망치 소리가 그의 망치 소리와 어우러져 동굴 속에서 우렁차게 울려 나오기 시작했다.

그로부터 또 한 해가 흘렀다. 시간이 흐르는 동안 마을 사람들은 막대한 비용이 앞날에 길게 이어질 것을 걱정하며 서서히 후회하기 시작했다. 시주로 고용된 인부들은 하나둘 줄어들었고, 마침내 다시 이치쿠로의 망치 소리만이 동굴의 어둠을 뒤흔들 뿐이었다. 그러나 사람이 곁에 있든 없든 이치쿠로의 팔에서 나가는 힘은 조금도 변하지 않았다. 그는 마치 기계처럼 온몸의 힘을 담아 망치를 들어 올리고, 온힘을 기울여 내리쳤다. 그는 이제 자신의 몸이 있다는 사실조차 잊고 있었다. 주인을 죽인 일도, 산중에서의 약탈과 살인도, 모든 죄악은 그의 기억 저편으로 희미해져 갔다.

일 년이 지나고, 또 한 해가 지났다. 오직 한 생각이 그를 움직였다. 그리고 그의 야윈 팔은 쇠처럼 굳세어 결코 꺾이지 않았다.

열여덟 해째가 끝나갈 무렵—이치쿠로가 뚫어낸 절벽은 어느새 전체의 절반에 도달해 있었다.

마을 사람들은, 이 두려울 만큼 놀라운 기적을 눈앞에서 보자, 더는 이치쿠로의 일을 한 치도 의심하지 않게 되었다. 그들은 앞서 두 차례나 게으름과 회의를 품었던 자신들을 마음 깊이 부끄러워했고, 산쿠의 모든 사람들이 합심하여 진심을 다해 일제히 이치쿠로를 돕기 시작했다.

그해, 나카쓰번의 군봉행이 시찰을 나왔다가 이치쿠로의 노고에 감탄해 칭찬의 말을 전했으며, 근방에서 모인 석공은 거의 서른 명에 가까웠다. 공사는 마치 마른 잎더미가 타오르듯 빠르게 진척되었다.

사람들은 쇠잔한 모습의 이치쿠로에게 말했다. "이제는 당신이 석공들을 거느리는 우두머리를 맡으십시오. 더는 스스로 망치를 휘두를 필요가 없습니다."

그러나 이치쿠로는 완강히 응하지 않았다. 그는 쓰러질 때도 망치를 손에서 놓지 않으리라 마음속으로 다짐하고 있는 듯했다. 그는 서른 명의 석공들이 곁에서 일하고 있는 것조차 눈치채지 못한 사람처럼, 여전히 먹고 자는 것도 잊고 죽을힘을 다해 망치를 내려치는 데 조금도 전과 다름이 없었다.

하지만 사람들이 그에게 휴식을 권한 데에는 다 그럴 만한 이유가 있었다. 스무 해에 이를 동안, 햇빛 한 줄기 들지 않는 암벽

깊숙한 곳에 쉴 새 없이 앉아 있었기 때문일 것이다. 그의 두 다리는 오랜 좌법으로 상해, 언젠가부터 마음대로 굽히고 펴지도 못하게 되었다. 조금 걷는 일조차 지팡이에 의지해야 했다. 게다가 오랫동안 어둠 속에만 몸을 두어 햇빛을 보지 못한 탓이기도 했을 것이다. 또 끊임없이 터져 나오는 돌 파편이 눈을 상하게 한 탓도 있었으리라. 그의 두 눈은 점점 흐릿해져 빛을 잃고, 사물의 윤곽조차 분간하기 어려울 정도가 되었다.

아무리 퇴전 없는 사람이던 이치쿠로라도 몸에 다가오는 노쇠를 아파하는 마음은 있었다. 목숨에 대한 집착은 없었지만, 이 길을 중도에서 쓰러져 마치지 못하는 것을 무엇보다도 원통하게 생각했기 때문이다.

"이제 겨우 이 년만 더 견디면 된다…"

그는 마음속으로 울부짖듯 외치며, 다가오는 노쇠를 잊으려 하듯 필사적으로 망치를 휘둘렀다.

범접할 수 없는 대자연의 위엄을 드러내며 이치쿠로 앞을 가로막고 서 있던 그 거대한 절벽은 어느새 쇠잔한 한 노승의 팔에 관통되어, 그 한가운데를 꿰뚫는 동굴이 마치 생명을 지닌 것처럼, 오로지 중심을 향해 뻗어 나가고 있었다.

4

이치쿠로의 몸은 지나친 피로로 이미 참담하게 손상되어 있었으나, 그보다 더 무서운 적이 그의 생명을 노리고 있었다.

이치쿠로 때문에 비명횡사한 나카가와 사부로베는 가신에게 살해당한 것으로 간주되어 가사 불성실의 죄를 입었고, 그 집은 곧바로 단속되어 폐가가 되었다. 그때 겨우 세 살이던 외아들 시노스케는 친족들 손에 맡겨 길러지게 되었다.

시노스케가 열세 살이 되었을 때, 처음으로 아버지가 억울한 죽음을 맞았다는 사실을 알게 되었다. 더구나 그 상대가 사대부가 아니라 집안에 부양되던 노복이었다는 사실을 알고는 소년의 가슴에는 참을 수 없는 분노가 불길처럼 치솟았다.

그는 그 자리에서 보복의 일념을 마음 깊이 새겼다. 그리고 서둘러 야규의 도장에 들어가 수련에 전념했다. 열아홉 살에 면허개전을 허락받자 즉시 복수의 길에 올랐다. 만일 무사히 소원을 이루고 돌아오면 가문을 다시 일으키겠다는 친족들의 격려 속에서였다.

시노스케는 익숙지 않은 여정을, 수많은 고난을 견디며 오로지 원수 이치쿠로의 행방을 찾기 위해 방방곡곡을 떠돌았다. 일찍이 한 번도 본 적 없는 상대를 찾는 일은 말 그대로 구름을 붙잡으려는 것과 같았다.

오기내·동해·도산·산인·산요·호쿠리쿠·난카이….

그는 해가 바뀌고 또 바뀌도록 표류하듯 떠돌며 허망한 순례를 계속했다. 적에 대한 원한도 분노도 이 고된 나날 속에서 여러 번 희미해지려 했다. 그러나 억울하게 쓰러진 아버지의 죽음을 떠올리고, 나카가와 가문 부흥이라는 중책을 생각할 때마다 그는 다시금 결의를 불태웠다.

에도를 떠난 지 정확히 아홉 해가 지난 봄, 그는 후쿠오카 성하에서 그 해를 맞이했다. 본토를 온통 헛되이 뒤져도 찾지 못하자 이제는 먼 변방 규슈까지 찾아볼 요량이었다.

후쿠오카에서 나카쓰로 옮겨온 그는, 2월 어느 날 우사 하치만궁을 찾아 하루빨리 숙원을 이루게 해달라고 기원했다. 참배를 마친 뒤, 그는 경내의 찻집에 쉬어 앉았다.

그때였다. 곁에 있던 어느 농부 차림의 사내가 함께 있던 참배객들에게 이렇게 말하는 것이 들렸다.

"저 출가승은, 본디 에도에서 온 분이라더이다. 젊은 시절 사람을 죽인 것을 뉘우쳐 중생을 구제하겠다는 큰 서원을 세우셨다지요. 지금 말한 히다의 굴착 공사는 모두 저 승려 한 사람의 힘으로 이루어진 것이라 하오."

이 말을 들은 시노스케는 아홉 해 떠돌아 다니는 동안 단 한 번도 느낀 적 없던 묘한 관심이 가슴 깊이 일렁이는 것을 느꼈다. 그는 약간 숨을 고르며 급히 물었다.

"졸지에 송구하오나, 그 출가승이라 말한 이는, 댁이 보기엔 어느 정도의 연령이오?"

사내는 자신의 이야기가 무사의 주의를 끈 것을 영광스럽게 여겼는지 공손히 대답했다.

"글쎄요. 저는 그분을 직접 뵌 적은 없지만 사람들 말로는, 거의 예순에 가까웠다 하옵니다."

"신장은 높소? 낮소?" 시노스케가 곧이어 묻자, 사내는 머뭇거리며 말했다.

"그 또한 잘 모르겠습니다. 무얼 하든 굴속 깊이 들어앉아 계시니 알 길이 없지요."

"그 사람의 속명이 무엇인지, 아시오?"

"그것 역시 잘은 모르겠습니다만… 출생은 에치고 가시와자키, 젊어서는 에도로 나갔다 하더이다."

여기까지 이야기를 들은 시노스케는, 거의 뛰어오를 듯이 기뻐했다. 그가 에도를 떠날 때, 일가친척 중 한 사람이 "원수는 에치고 가시와자키 출신이니, 고향으로 돌아갔을 가능성도 헤아려야 한다. 에치고는 특별히 마음을 써서 탐색하라."라고 일러두었던 것이었다.

시노스케는 이것이야말로 우사 하치만궁의 신탁이라 믿고 용기를 냈다. 그는 그 노승의 이름과 야마쿠니 계곡으로 향하는 길을 묻고는, 이미 여덟 시각을 지나 있었음에도 불구하고, 온몸의 힘을 두 다리에 모아 원수의 거처를 향해 급히 달렸다. 그날 초경 무렵 히다 마을에 도착한 시노스케는 곧장 동굴로 향하려 했으나, 조급해서는 안 된다고 마음을 가다듬고, 그날 밤은 히다 역의 여관에서 초조한 마음으로 하룻밤을 새웠다. 다음 날 그는 일찍 일어나 가볍게 차려입고 히다의 굴착처로 향했다.

굴착 입구에 이르렀을 때, 그는 돌의 파편을 운반하던 석공에게 물었다.

"이 동굴 속에, 료카이라 불리는 그 출가승이 계시다 들었는데, 정말이오?"

"계시지 않고야 되겠습니까. 료카이 님은 이 굴의 주인이나 마찬가지신 분이외다. 하하하." 석공은 거리낌 없이 웃었다.

시노스케는 본원을 이루는 일이 눈앞에 다가왔다고 확신하며 들떴다. 그러나 서둘러서는 안 된다고 다시 마음을 가다듬었다.

"그럼, 출입구는 여기 한 곳뿐인가?" 하고 물었다. 적을 놓쳐서는 안 된다고 생각했기 때문이다.

"그건 두말할 것도 없지요. 저 아래쪽에 출구를 내기 위해, 료카이 님께서 진흙과 탄화의 고난을 무릅쓰고 계신 게 아니오이까." 석공이 대답했다.

시노스케는, 오랜 세월 찾아 헤맨 원수가 이제 주머니 속의 쥐처럼 눈앞에 놓여 있다고 생각하니, 크게 기뻤다. 비록 그 밑에서 일하는 석공이 몇 명이 있더라도, 베어 넘기기는 식은 죽 먹기라 여겨 기세가 올랐다.

"그대에게 부탁이 있소. '료카이님을 알현하고자 멀리서 찾아온 자'라 전해주시오." 그렇게 말한 뒤, 석공이 동굴 속으로 들어

가자, 시노스케는 칼집에서 칼을 살짝 뽑아 눈금을 어루만졌다.

그는 마음속으로, 난생처음 마주하게 될 원수의 모습을 그려 보았다. 굴착 공사를 거느리는 입장이라면, 오십은 넘었을 테지만 여전히 골격은 우람한 사내일 것이고, 젊은 시절에는 병법에도 밝았다고 하니 결코 방심할 수 없다고 생각했다.

그러나 잠시 뒤, 시노스케의 눈앞으로 동굴문에서 한 거지승이 기어 나오듯 모습을 드러냈다. 그것은 '나왔다'기보다, 마치 두꺼비가 기어 나오는 듯했다. 그는 더는 사람이라 부르기 어렵고, 오히려 사람의 잔해라고 해야 할 모습이었다. 살은 모두 떨어져 뼈가 드러나고, 다리 관절 아래는 여기저기 짓무르고 헐어 있어, 오래도록 똑바로 바라보기도 고통스러웠다. 해어진 승복 덕에 승려라는 것만 알아볼 수 있을 뿐, 머리카락은 길게 자라 주름진 이마를 덮고 있었다.

노승은 잿빛을 띤 눈을 몇 번 깜빡이며 시노스케를 올려다보며 말했다. "노안이 심히 쇠하여, 어느 분이신지 분간할 수 없사옵니다."

극한까지 팽팽히 조여져 있던 시노스케의 마음은, 이 노승을 보는 순간 흔들려버렸다. 그는 마음 깊숙이 증오를 불러일으킬 만한 악승을 만나리라 기대해 왔다. 그러나 그의 앞에 움츠리고 있는 것은, 사람인지 죽은 몸인지조차 모를 반(半)죽은 노승이었다. 시노스케는 스스로의 실망을 억누르며 목소리를 가다듬었다.

"그대가 료카이라 불리는 자인가."

"과연 그러하옵니다. 그렇다면 그대는—" 노승은 의심스러운 듯 그를 올려다보았다.

"료카이라 하는 자여, 비록 승려의 모습으로 몸을 감추었다 하나, 잊지는 않았을 것이다. 너는 젊은 시절, 이치쿠로라 불리던 때에 주인 나카가와 사부로베에를 죽이고 달아난 자다. 나는 그 사부로베에의 아들, 시노스케라 한다. 이제는 더는 도망치지 못하니, 각오하라."

시노스케의 말투는 지극히 침착했으나, 그 속에는 한 치의 용서도 없는 엄정함이 서려 있었다. 하지만 이치쿠로—이제의 료카이—는 시노스케의 말을 듣고도 조금도 놀라지 않았다.

"참으로, 나카가와 님의 아드님, 시노스케님이시옵니까. 아버님을 베고 달아난 자, 바로 이 료카이 맞사옵니다."

그는 자신을 적으로 겨누는 존재를 만났다는 공포보다, 오히려 옛 주인의 고아를 만난 듯한 정다움이 담긴 목소리였다. 그러나 시노스케는 그 음색에 속아 넘어가선 안 된다고 생각했다.

"주인을 베고 도망친 그 악행을 벌하기 위해, 나는 십 년 가까운 세월을 고난 속에서 헤매었다. 이제 여기서 만난 이상, 더는 도망칠 길 없으니, 정정당당히 승부하라."

이치쿠로는 조금도 기죽지 않았다. 다만, 머지않아 성취될 대업을 끝내 보지 못한 채 죽게 되는 것이 약간 아쉽게 느껴졌을 뿐이다. 그러나 이것 또한 자신의 악업이 초래한 업보라 여겼고, 그는 죽음을 향한 마음을 이미 굳혀두었다.

"시노스케님, 자, 베어 주시지요. 이미 들으셨겠지만, 이곳은 이 료카이가 죄를 씻고자 파내려 온 동문입니다. 열아홉 해의 세월을 들여, 이제 9할쯤은 완성되었습니다. 비록 료카이의 몸은 여기서 다한다 해도, 해를 더 거듭하지 않고도 머지않아 이 공사는 끝날 것입니다. 부디 그대의 손에 쓰러져, 이 동문의 입구에서 피를 흘려 인주가 될 수 있다면, 더는 한 점 미련도 남지 않겠습니다."

그는 그렇게 말하며, 보이지 않는 눈을 몇 번이나 깜박였다.

시노스케는 이 반쯤 죽은 노승과 마주 앉아 있는 동안, 부모의 원수에게 품어 온 증오가 어느새 사라져 버린 것을 깨달았다. 이 원수는, 아버지를 죽인 죄를 참회하기 위하여, 몸과 마음을 갈가리 갈며 반생을 고통 속에 살아왔다. 게다가 자신이 이름을 밝히자, 그저 순순히 목숨을 내놓으려 하고 있었다. 이토록 반죽음의 노승을 베어 쓰러뜨리는 일이, 과연 무슨 '복수'가 되겠는가, 시노스케는 그렇게 생각했다. 그러나 이 적을 쓰러뜨리지 않는 한, 오랜 방랑을 끝내고 에도로 돌아갈 길은 없었다. 가문을 다시 일으킨다는 일은 말할 것도 없었다.

시노스케는 증오라기보다 계산에서, 이 노승의 생을 끊어야 할까 하는 생각을 품었다. 그러나 불길처럼 치솟는 격렬한 미움도 없이, 다만 타산 때문에 사람을 죽인다는 것은, 그에게 견디기 어려운 일이었다. 그는 사라져 가려는 증오의 불씨를 억지로 북돋우며, 칠 가치조차 없는 적을 베려 했다.

바로 그때였다. 동굴 안에서 다섯, 여섯 명의 석공이 달려 나와, 위급한 이치쿠로를 온몸으로 감싸며 시노스케를 꾸짖었다.

"료카이님을 어찌하려는 것이오."

그들의 얼굴에는, 경우에 따라서는 결코 용서하지 않겠다는 기색이 역력했다.

"사정이 있어 저 노승을 원수로 삼아, 오늘 마침 뜻밖에도 마주하여 본의를 이루려는 길이네. 방해하는 자가 있다면 그 누구라 한들 용서치 않겠다."

시노스케는 늠름하게 이렇게 말했다.

그러나 그 사이 석공의 수는 점점 늘었고, 길을 가던 사람들까지 여러 명 발걸음을 멈추어 시노스케를 둘러싸더니, 저마다 이치쿠로의 몸에 손가락 하나 닿게 하지 않겠다는 기세로 흥분하기 시작했다.

"원수를 갚고 안 갚고 하는 일은, 그가 아직 세상 사람으로 있을 때의 일이네. 보다시피 료카이님은 이미 승복에 머리를 깎은 분이시고, 이 산쿠니타니 일곱 마을 사람들에게는 지지보살이 다시 오신 분으로 우러름을 받는 분일세."

그들 가운데 한 사람이, 시노스케의 적갚음을 이루어질 수 없는 허망한 소원인 양 이렇게 우겨 말했다.

그러나 사방에서 가로막히자, 시노스케의 가슴속에는 적을 향한 분노가 다시금 되살아났다. 그는 무사로서의 자존심에 비추어, 팔짱만 낀 채 물러날 수는 없었다.

"비록 승려의 차림이라 하나, 주인을 죽인 대죄가 사라지는 것은 아니다. 부모의 원수를 갚으려는 자를 막아서는 자는, 한 사람도 용서치 않겠다."

시노스케는 칼집을 탁 하고 털어내며 칼을 뽑아 들었다. 그를 둘러싼 군중도 모두 저마다 몸을 굳혔다. 바로 그때, 이치쿠로가 쉰 목소리를 한껏 높였다.

"여러분, 물러서 주시오. 나 료카이는 베임을 당해야 할 까닭을 충분히 지니고 있소. 이 동문을 파낸 것도, 다만 그 죄를 속죄하려는 뜻에서였소. 이제 이렇듯 효심 깊은 아드님의 손에 걸려, 반죽음이 된 이 몸을 마감한다면, 그것이 곧 료카이 일생의 바람이오. 여러분, 방해할 것 없소."

이렇게 말하며 이치쿠로는 시노스케 쪽으로 몸을 끌어가려 했다. 평소부터 이치쿠로의 강한 의지를 알고 있는 사람들은, 그의 결심을 되돌릴 길이 없다는 것을 이미 깨달았다. 이대로 이치쿠로의 생이 끝나는가 싶던 그때, 석공들의 우두머리가 시노스케 앞에 나섰다.

"무사 나리께서는 이미 들으셨으리라 생각하옵니다만, 이 굴착은 료카이께서 일생의 대서원으로 삼으시어, 20년 가까운 세월 동안 몸과 마음을 갈아 넣어오신 일이옵니다. 비록 스스로 지은 악업이라 하나, 평생의 큰 서원이 이루어지기 직전에 쓰러지신다면 그 무념이 얼마나 크겠사옵니까. 바라건대 오래를 청하는 것도 아니옵고, 이 굴착이 저편까지 트이는 그 순간까지만이라도, 료카이님의 목숨을 우리에게 맡겨주시지 않겠사옵니까. 굴이 통해 버리기만 한다면, 그 자리에서 곧장 마음껏 단죄하시도록 하겠사옵니다.”

군중은 일제히 “그 말이 옳소, 그 말이 옳소.” 하고 화답했다.

시노스케도 그 말을 듣자 융통의 여지가 없지는 않다 생각했다. 지금 이 자리에서 베려다가는 군중의 저항을 받아 뜻을 이루지 못할 수도 있다. 그러나 굴착이 끝난 뒤라면, 지금도 목숨을 내어놓으려 하는 이치쿠로가 의리에 느껴 스스로 목을 내밀 것이 분명했다. 게다가 타산을 떠나서라도, 노승의 대서원을 마지막까지 이루게 해주는 것이 불쾌한 일은 아니었다.

시노스케는 이치쿠로와 군중을 번갈아 보며 말했다.

“료카이가 승려의 몸이 된 것을 인정하여, 그 희원을 허락하겠노라. 맺은 말은 잊지 마라.”

“염려 마옵소. 한 치의 틈이라도, 한 줌의 바람이라도 저편으로 통하게 되면, 그 자리에서 료카이님을 단죄하시도록 하겠사옵니다. 그때까지는 부디 이곳에 머물러 주시길 바라옵니다.” 석공의 우두머리는 조용하면서도 정중한 어조로 말했다.

이치쿠로는 소동이 원만히 가라앉자, 그동안 허비된 시간이 아까웠던 듯 다시 몸을 끌며 동굴 속으로 사라졌다.

시노스케는 결정적인 순간에 뜻밖의 방해가 들어 뜻을 이루지 못한 것이 분했다. 억누르기 어려운 울분을 참으며, 석공 한 사람의 안내를 받아 작은 나무집으로 들어갔다. 혼자 남겨지자 그는, 적을 눈앞에 두고도 베지 못한 자신의 무기력을 참으로 한스럽게 여겼다. 마음속은 어느새 가라앉지 않는 격정으로 가득 차 있었다.

그는 이제 더는 굴착이 끝나기를 기다리는 온건한 마음도 남아 있지 않았다. 그날 밤이라도 동굴 속으로 몰래 들어가 이치쿠로를 베고 떠나리라—그 결심이 굳게 자리 잡았다. 그러나 시노스케가 이치쿠로를 살피듯, 석공들 또한 시노스케의 동정을 예의주시하고 있었다.

시노스케는 처음 이틀 사흘을 마음에도 없이 멍하니 보내다가, 닷새째 되는 밤이 찾아왔다. 매일 밤이 반복되다 보니 석공들도 경계가 느슨해졌는지, 축시 무렵에는 모두 지친 몸을 누이고 깊은 잠에 빠져 있었다. 그때 시노스케는 '오늘 밤이다' 하고 결심했다. 그는 벌떡 몸을 일으키고 베갯머리 곁의 칼을 끌어당긴 뒤, 소리를 죽여 나무 오두막 밖으로 나섰다. 이른 봄밤의 달빛은 맑고 차가웠고, 산국가와의 물빛은 달 아래서 푸르게 소용돌이치며 흐르고 있었다. 그러나 그는 주변 풍경에 눈길조차 주지 않은 채, 발걸음을 죽이며 몰래 굴문으로 다가갔다. 깎아낸 돌덩이들이 여기저기 흩어져 있어, 발을 옮길 때마다 그의 발바닥을 찔렀다.

굴 안은, 입구에서 스며드는 달빛과 곳곳에 뚫린 작은 채광구로 흘러드는 빛 때문에 희미하게 하얀 얼룩이 생겨 있을 뿐이었다. 시노스케는 오른편 바위를 더듬어가며 깊숙한 곳으로 몸을 밀어 넣었다.

입구에서 두 정쯤 들어갔을 때였다. 굴바닥 어딘가에서 '콰악, 콰악' 하며 일정한 간격을 두고 울려오는 음향이 그의 귀를 쳤다. 처음에는 정체를 알 수 없었다. 그러나 한 걸음 두 걸음 앞으로 다가갈수록 그 소리는 점점 커졌고, 마침내 굴의 정적 전체가 울릴 만큼 큰 반향이 되어 퍼져갔다. 그것은 분명 암벽을 향해 쇠망치를 내리치는 소리였다. 그 처절하고 서늘한 울림에 시노스케의 가슴은 세차게 요동쳤다.

더 깊은 곳으로 접근할수록, 옥을 금 가르듯 날카로운 쇠소리는 굴 전체에 메아리치며 그의 청각을 거칠게 두드렸다. 그는 그 음향을 길잡이 삼아 몸을 낮춰 기어갔다. 이 망치 소리를 내는 자야말로, 단 한 번도 본 적 없는 원수, 료카이임이 틀림없다고 생각했다. 시노스케는 조용히 칼집을 느슨하게 하며 숨을 죽였다. 바로 그때였다. 망치질 사이사이에, 기도문을 읊조리는 듯하면서도 신음 같은 늙은 승려의 목소리가 어둠 속에서 흘러나온 것이다.

그 쉰 목소리의 비장함이 찬물처럼 시노스케의 온몸에 스며들었다. 한밤중, 사람도 떠나고 초목도 잠든 이 시간, 암흑 속에 홀로 앉아 쇠망치를 휘두르는 노승의 모습이, 칠흑 같은 어둠 속에서도 시노스케의 마음속 눈에는 또렷이 비쳤다. 그것은 더 이상 인간의 마음이라고 부를 수 없는 것이었다. 희로애락의 범주를 넘어, 오로지 망치질만을 수행하는 용맹정진의 보살심이었다. 시노스케는 자신도 모르게 칼자루를 움켜쥐던 힘이 풀려 있는 것을 깨달았다.

그는 문득 정신이 들었다. 이미 불심을 얻어 중생을 위해 몸을 갈아 넣으며 수행하는 고덕의 성자를, 깊은 밤의 어둠에 숨어 짐승처럼, 도둑처럼 칼을 겨누고 있는 자신의 모습이 떠오르자, 온몸을 타고 전율이 흘렀다.

굴을 뒤흔드는 그 힘찬 망치질과 비장한 염불 소리는, 시노스케의 마음을 산산이 부숴버렸다. 그는 정정당당하게 굴착이 완성되기를 기다리고, 약속된 때에 목숨을 요구하는 수밖에 없다고 깨달았다.

시노스케는 깊은 감회 속에서 달빛이 새어 들어오는 입구를 향해, 조용히 기어서 굴 밖으로 나갔다.

그 일이 있은 뒤, 얼마 지나지 않아 절벽 굴착에 나선 석공들 사이에서 무사 차림의 시노스케가 보이기 시작했다. 그는 더는 노승을 어둠 속에서 급습해 쓰러뜨리고 떠나겠다는 험한 마음을 조금도 품고 있지 않았다. 료카이가 도망도 숨김도 하지 않는다는 사실을 알게 되자, 시노스케는 오히려 그가 평생을 걸고 세운 대원이 이루어지는 날을 기다려 주어야겠다고 선의로 생각한 것이었다. 그러나 그렇다고 해서 멍하니 기다리기만 할 수는 없었다. 자신 또한 이 대업에 한몫 보탠다면, 복수의 날이 조금이라도 앞당겨질 것임을 깨닫자, 시노스케는 스스로 석공들 속에 섞여 망치를 휘두르기 시작했다.

원수와 원수가 나란히 서서 암벽을 내려쳤다. 시노스케는 하루라도 빨리 숙원을 이루고자 혼신의 힘으로 망치를 휘둘렀다. 료카이도 시노스케가 나타난 뒤로는 하루라도 일찍 대원을 이루어 효자의 소원을 들어주고 싶었을 것이다. 그는 다시 정진의 기세를 떨치며, 광인처럼 바위를 부수어 갔다.

달이 지나고 또 새 달이 찾아왔다. 시노스케의 마음은 점차 료카이의 사무치는 용맹정진에 움직여, 스스로도 이 굴착의 대업에 매진하는 동안 원수에 대한 증오를 잊고자 하는 경지에 이르렀다. 석공들이 낮 동안의 피로를 쉬는 한밤중에도, 둘은 나란히 서서 말없이 망치를 내리쳤다.

그것은 료카이가 히다의 굴착에 첫 망치를 내리친 지 스물한 해째, 시노스케가 그를 만난 뒤 1년 6개월이 지나 있던, 연경 3년 9월 10일 밤이었다. 그날도 석공들은 모조리 오두막으로 돌아갔고, 료카이와 실노스케만이 하루의 피로에 굴하지 않고 망치를 휘두르고 있었다.

밤 아홉 시에 가까운 무렵, 료카이가 온힘을 다해 내리친 망치는 썩은 나무를 치는 듯 전혀 손맛이 없었고, 힘이 남아돌아 망치를 쥔 오른손바닥이 바위에 부딪쳤다. 그는 앗 하고 무심결에 소리를 내질렀다. 바로 그때였다. 흐릿한 노안에도 분명하게, 깨진 작은 틈 사이로 스며든 달빛 아래 산국가와의 흐름이 또렷하게 눈앞에 비친 것이다.

료카이는 오오… 하고 온몸을 떨리는 듯한 형언하기 어려운 외마디를 내질렀으며, 이어 곧 미쳐버린 듯한 환희의 울음과 웃음이 한데 얽혀, 굴 전체를 요동치게 했다.

"시노스케 도노, 보시오. 스물한 해의 대원이, 우연히도 오늘 밤 마침내 이루어졌소"

이렇게 말하며 료카이는 시노스케의 손을 붙잡아 작은 틈으로 산국가와의 흐름을 보여주었다. 그 바로 아래 어둑하게 비친 흙은, 강가를 따라 난 가도(街道)임이 틀림없었다. 원수와 원수는 그곳에서 서로 손을 맞잡고, 벅찬 기쁨에 목이 메어 눈물을 흘렸다.

잠시 후 료카이는 몸을 물리며 말했다.

"이제, 시노스케 도노. 약속한 날이오. 어서 베시게. 이러한 법열 가운데서 죽어 간다면 극락에 태어남은 반드시 의심없을 터. 어서 베시게. 내일이 되면 석공들이 또 방해할 것이오. 어서, 베시게"

그러나 시노스케는 료카이 앞에서 손을 모은 채 앉아 있을 뿐, 눈물에 잠겨 아무 말도 하지 못했다. 심층에서 솟아오르는 기쁨에 울고 있는 이 초라한 노승을 바라보자, 그를 원수라 여겨 베고자 하는 마음 따위는 더는 가슴속에 자리할 수 없었다. 오히려, 이 가냘픈 인간의 두 팔로 이루어진 위업에 대한 경의와 감동으로 가슴이 가득 찼다.

그는 무릎을 끌며 다가가 다시 노승의 손을 잡았다. 둘은 그 자리에서 모든 것을 잊은 듯 서로 부둥켜안고, 벅찬 눈물에 잠겨 울음을 삼켰다.

미야자와 겐지의 「주문이 많은 요리점」은 1924년 출간된 동화집의 표제작으로, 도시 신사 두 사람이 산속의 '산고양이 관'이라는 서양요리점을 우연히 발견하면서 펼쳐지는 기묘한 사건을 다룬다. 겉으로는 호기심을 자극하는 모험담이지만, 그 안에는 인간의 오만함과 자연의 역습, 욕망의 위험을 은근히 드러내는 풍자가 깔려 있다. 문을 열 때마다 늘어나는 '주문(지시)'과 점점 강해지는 불길한 기척은 동화 특유의 단순한 구조 속에 긴장과 리듬을 부여한다. 어린이에게는 신비로운 이야기로, 성인에게는 사회·윤리적 함의를 품은 풍자문학으로 읽히는 다층적 면모가 이 작품의 가장 큰 특징이다. 미야자와 특유의 맑은 문체와 서늘한 유머, 자연에 대한 감각이 절묘하게 어우러져 있어, 그의 세계를 대표하는 단편으로 손꼽힌다.

주문이 많은 요리점

注文の多い料理店

미야자와 겐지

두 사람의 젊은 신사가, 영국 군인 차림을 완전히 갖추고 번쩍거리는 총을 메고, 흰곰 같은 개 두 마리를 데리고, 깊은 산속의 마른 나뭇잎이 바스락거리는 곳을 이런 말을 주고받으며 걸어가고 있었습니다.

"도대체 이 근처 산은 괘씸하기 짝이 없네. 새도 짐승도 한 마리도 없잖아. 뭐라도 상관없으니, 어서 탕탕 하고 한 번 쏴 보고 싶단 말이야."

"사슴의 누런 옆구리 같은 데 두세 발쯤 먹여 준다면, 얼마나 통쾌하겠나. 빙글빙글 돌다가, 그다음엔 털썩 쓰러지겠지."

그곳은 꽤 깊은 산속이었습니다. 길을 안내하던 전문 사냥꾼도 조금 당황하여, 어디론가 사라져 버릴 만큼의 깊은 산속이었습니다. 게다가 산세가 너무도 험하고 무시무시하여, 흰곰 같은 그 개 두 마리는 함께 어지럼증을 일으키고 한동안 짖어대다가, 이내 거품을 물고 죽어 버렸습니다.

"정말 나는 2,400엔의 손해를 본 셈이군." 한 신사가 그 개의 눈꺼풀을 살짝 젖혀 보며 말했습니다.

"나는 2,800엔의 손해야." 다른 한 사람이 분한 듯 고개를 떨구며 말했습니다.

처음 말한 신사는 얼굴빛이 조금 나빠지더니, 가만히 다른 신사의 얼굴빛을 살피며 말했습니다.

"나는 이젠 돌아가고 싶네."

"그래, 나도 마침 추워졌고 배도 고파졌으니, 돌아가는 게 좋겠어."

"그럼, 이제 그만두세. 뭐, 돌아가는 길에 어제 여관에서 산비둘기를 10엔어치 사 가면 되겠지."

"토끼도 나왔었지. 그러면 결국 마찬가지일 테니까. 자, 돌아가세."

그런데 곤란한 일은, 어디로 가야 돌아갈 수 있는지 전혀 짐작이 서지 않게 되어 버렸다는 점이었습니다. 바람이 훅 불어오고, 풀은 사각사각, 나뭇잎은 바스락바스락, 나무에서는 도둑둑 소리가 났습니다.

"정말 배가 고프네. 아까부터 옆구리가 아파 견딜 수가 없어."

"나도 그렇네. 이젠 더 걸어가고 싶지 않군."

"걸어가기 싫어. 아아, 큰일이군, 뭔가 먹고 싶어."

"먹고 싶어 죽겠군."

두 사람의 신사는 사각거리는 억새밭 한가운데에서 이런 말을 주고받았습니다. 그때 문득 뒤를 돌아보니, 웅장한 서양식 집 한 채가 서 있었습니다. 그리고 현관에는 "와일드캣 하우스 레스토랑"이라 적힌 팻말이 붙어 있었습니다.

"자네, 잘됐군. 여긴 제법 잘 터가 트여 있네. 들어가 보지 않겠나?"

"이런 곳에 이런 집이 있다니 이상한데. 그래도 아무튼 식사는 할 수 있겠지."

"그럼, 할 수 있지. 간판에 그렇게 써 있잖나."

"들어가 보세. 나는 이제 뭐라도 먹지 않으면 쓰러질 것 같네."

두 사람은 현관 앞에 섰습니다. 현관은 흰 세토 기와 벽돌로 짜여 있어, 실로 훌륭한 모습이었습니다. 그리고 유리 미닫이문이 서 있고, 그 위에는 금빛 글자로 이렇게 적혀 있었습니다.

[누구든지 부디 들어오십시오. 결코 사양하실 것 없습니다.]

두 사람은 그것을 보고 무척 기뻐하며 말했습니다.

"이거 어때, 역시 세상은 잘되어 있다니까. 오늘 하루 고생은 했지만, 이번에는 이런 좋은 일도 있구나. 이 집은 요리점이지만 공짜로 대접하는 모양이야."

"그런 것 같네. '결코 사양하실 것 없습니다'란 바로 그런 뜻이지."

두 사람은 문을 밀고 안으로 들어갔습니다. 안쪽은 곧바로 복도가 되어 있었습니다. 그 유리문 안쪽에는 금빛 글자로 이렇게 적혀 있었습니다.

[특히 살이 찌신 분이나 젊으신 분은 대환영합니다.]

두 사람은 '대환영'이라는 말에 더욱 기뻐했습니다.
"자네, 우리를 환영한다는 말이야."
"우린 둘 다 해당되니까 말이지."
그들은 성큼성큼 복도를 따라 걸어갔습니다. 그러자 이번에는 물빛 페인트가 칠해진 문이 있었습니다.
"정말 이상한 집이군. 어째서 이렇게 문이 많은 거지?"
"이건 러시아식이야. 추운 곳이나 산속 집은 다 이렇게 되어 있지."
그리고 두 사람이 그 문을 열려 하자, 위쪽에 노란 글씨로 이렇게 쓰여 있었습니다.

[본 관은 주문이 많은 요리점이오니 아무쪼록 그 점은 양해해 주십시오.]

"꽤 장사가 잘되는 모양이군. 이런 산속에서."

"그야 그렇지. 보게나, 도쿄의 큰 요릿집이라 해도 큰 길가에는 많이 없을걸."

두 사람은 그렇게 말하며 그 문을 열었습니다. 그러자 그 안쪽에는 또 이렇게 적혀 있었습니다.

[주문이 꽤 많을 터이오나 아무쪼록 일일이 참아 주시기를 바랍니다.]

"이건 대체 무슨 뜻이지?" 한 신사가 얼굴을 찌푸렸습니다.

"음, 이건 아마 주문이 너무 많아서 준비하는 데 시간이 걸리니 용서해 달라는 뜻이겠지."

"그렇겠지. 어서 어디든 방 안으로 들어가고 싶은걸."

"그리고 테이블에 앉고 싶은걸."

그러자 성가신 일은 또 하나 있었습니다. 문이 하나 더 있었던 것입니다. 그 옆에는 거울이 걸려 있고, 그 아래에는 긴 손잡이가 달린 브러시가 놓여 있었습니다. 문에는 붉은 글씨로 이렇게 적혀 있었습니다.

[손님 여러분, 여기에서 머리를 단정히 하시고, 그다음 신발의 진흙을 털어 주십시오.]

"이건 참 더없이 옳은 말이군. 나도 아까 현관에서, 산속이니까 하고 얕봤었지."

"예법에 까다로운 집이야. 틀림없이 상당히 지위 높은 사람들이 자주 드나드는 모양이네."

그래서 두 사람은 머리를 말끔히 빗고, 신발의 진흙을 털어냈습니다. 그러자 어떻겠습니까. 브러시를 판 위에 내려놓자마자, 그것이 휙 흐려지며 사라져 버리고, 바람이 훅 하고 방 안으로 불어 들어왔습니다. 두 사람은 깜짝 놀라 서로 바짝 붙더니, 문을 덜컥 열고 다음 방으로 들어갔습니다. 얼른 따뜻한 것이라도 먹어 기운을 차려 두지 않으면, 이제 정말 큰일이 나겠구나 하고 두 사람 모두 생각했습니다. 문 안쪽에는 또 이상한 글이 쓰여 있었습니다.

[총과 탄환을 여기에 두십시오.]

바로 옆에는 검은 받침대가 놓여 있었습니다.

"과연 그렇지. 총을 멘 채로 음식을 먹을 수는 없는 법이야."

"아니, 역시 상당히 높은 사람이 늘 오가는 모양이네."

두 사람은 총을 풀고, 탄띠를 벗어 그것을 받침대 위에 올려놓았습니다.

또 검은 문이 하나 더 있었습니다.

[모자와 외투와 신발을 벗어 두십시오.]

"어떻게 할까, 벗을까?"

"어쩔 수 없지, 벗자고. 분명히 안쪽에 있는 사람은 상당한 위인일 테니까."

두 사람은 모자와 외투를 못에 걸고, 신발을 벗은 채 펄럭펄럭 소리를 내며 걸어 문 안으로 들어갔습니다. 문 안쪽에는 이렇게 쓰여 있었습니다.

[넥타이핀, 커프스 버튼, 안경, 지갑, 기타 금속류, 특히 뾰족한 물건은 모두 여기에 두십시오.]

그렇게 적혀 있었습니다. 문 바로 옆에는 검게 칠한 훌륭한 금고가 입을 벌린 채 놓여 있었고, 열쇠까지 곁들여 있었습니다.

"하하, 아마 어떤 요리에 전기를 쓰는 모양이야. 쇠붙이는 위험하지. 특히 뾰족한 것은 더 위험하다는 뜻이겠지."

"그렇겠지. 그렇다면 계산은 돌아갈 때 여기에서 치르는 걸까?"

"아무래도 그런 듯하군."

"그래, 분명히 그럴 거야."

두 사람은 안경을 벗고, 커프스 버튼도 떼고, 그것들을 모두 금고 안에 넣은 뒤 찰칵 하고 자물쇠를 잠갔습니다. 조금 더 가자 다시 문이 하나 있었고, 그 앞에는 유리로 된 작은 항아리가 하나 놓여 있었습니다. 문에는 이렇게 적혀 있었습니다.

[항아리 속 크림을 얼굴과 손발에 골고루 발라 주십시오.]

보니 분명히 항아리 안의 것은 우유 크림이었습니다.

"크림을 바르라니 그건 무슨 뜻이지?"

"이건 말이야, 바깥이 몹시 춥잖아. 방 안이 너무 따뜻하면 피부가 트니까, 그걸 막으라는 거지. 아무래도 안쪽에는 상당히 지위 높은 분이 와 있는 모양이야. 어쩌면 우리, 이런 데서 뜻밖에 귀족과 가까워질지도 모르겠군."

두 사람은 항아리의 크림을 얼굴에도 바르고, 손에도 바르고, 그다음엔 양말을 벗어 발에도 발랐습니다. 그런데도 아직 남아 있었기에, 두 사람은 서로 얼굴에 바르는 체하며 슬쩍 먹어 버렸습니다. 그리고 서둘러 문을 열자, 그 안쪽에는 이렇게 쓰여 있었습니다.

[크림을 충분히 바르셨습니까, 귀에도 잘 바르셨습니까]

그리고 그 곁에는 작은 크림 항아리도 또 하나 놓여 있었습니다.

"그렇지, 나는 귀에는 바르지 않았어. 큰일 날 뻔했군, 귀가 트일 뻔했어. 이 집 주인은 정말 준비가 철저하구나."

"아아, 세세한 데까지 잘 챙기는군. 그런데 나는 얼른 뭔가 먹고 싶은데, 이렇게 끝도 없이 복도만 계속되어서는 곤란하네."

그러자 그 바로 앞에 다음 문이 있었습니다. 그 문에는 다음과 같은 글이 쓰여 있었습니다.

[요리는 이제 곧 준비됩니다. 15분도 기다리게 하지 않습니다. 곧 드실 수 있습니다. 어서 손님의 머리에 병 속의 향수를 충분히 뿌려 주십시오.]

그리고 문 앞에는 번쩍거리는 향수병이 놓여 있었습니다. 두 사람은 그 향수를 머리에 철벅철벅 뿌렸습니다. 그런데 그 향수는 어쩐지 식초 같은 냄새가 났습니다.

"이 향수는 이상하게 식초 냄새가 나네. 무슨 일이지?"

"잘못된 거야. 하녀가 감기라도 들어서 다른 걸 넣은 거겠지."

두 사람은 문을 열고 안으로 들어갔습니다.

문 안쪽에는 큰 글씨로 이렇게 적혀 있었습니다.

[여러 가지 주문이 많아 성가셨지요. 유감이었습니다. 이제 이

것으로 끝입니다. 부디 온몸에 항아리 속 소금을 듬뿍, 잘 문질러 주십시오.]

과연 훌륭한 푸른 세토 항아리에 소금이 담겨 있었지만, 이번 만큼은 두 사람 모두 움찔하여, 크림을 잔뜩 바른 서로의 얼굴을 마주 보았습니다.

"뭔가 이상하군."

"나도 이상하다고 생각해."

"'많은 주문'이라는 건, 저쪽이 우리에게 주문하고 있다는 뜻이야."

"그러니까 말이야, 서양요리점이라는 건, 내가 생각하기엔, 서양요리를 손님에게 먹이는 집이 아니라, 온 사람을 서양요리로 만들어 먹어 치우는 집이라는 거야. 이건, 그, 그, 그 말하자면, 우, 우, 우리를……."

그는 덜덜 떨기 시작해 더 이상 말을 잇지 못했습니다.

"그, 그, 우리가…… 우와아……."

또 다른 신사도 덜덜 떨며 말을 잇지 못했습니다.

"도, 도망……."

덜덜 떨면서 한 신사가 뒤쪽 문의 미닫이를 밀어 보려 했으나, 웬걸요, 문은 털끝만큼도 움직이지 않았습니다.

안쪽에는 아직 문이 한 장 더 있었고, 그 문에는 커다란 열쇠

구멍이 두 개 달려 있으며, 은빛 포크와 나이프 모양이 도려내어
져 있었습니다. 그 위에는 이렇게 적혀 있었습니다.

[이야, 정말 수고하셨습니다. 아주 훌륭히 준비되셨습니다. 자
자, 어서 뱃속으로 들어오십시오.]

게다가 열쇠 구멍에서는 파란 눈동자 두 개가 이쪽을 굴리며
들여다보고 있었습니다.

"우와아……." 덜덜덜덜.

"우와아……." 덜덜덜덜.

두 사람은 울음을 터뜨렸습니다. 그러자 문 안쪽에서는, 소곤
소곤 이런 말이 들려왔습니다.

"안 되겠어. 벌써 눈치챘어. 소금을 문지르지 않은 모양이야."

"그야 그렇지. 우두머리의 글 써 놓은 방식이 나쁜 거야. 거기
다가 '여러 가지 주문이 많아 성가셨지요, 유감이었습니다' 따위의
얼빠진 말을 써 놓았으니 말이야."

"상관없어. 어차피 우리한테는 뼈조차 나눠 주지 않을 텐데."

"그건 그렇다만, 그래도 만약 이놈들이 여기로 들어오지 않으
면, 그건 우리의 책임이야."

"불러 볼까, 부르자. 여보, 손님 여러분, 어서 오십시오, 어서
오십시오, 어서 오십시오. 접시도 씻어 놓았고, 나물도 벌써 소금

에 잘 무쳐 두었습니다. 이제 남은 건 당신들과 그 나물을 잘 어울리게 해서 하얀 접시에 올리기만 하면 됩니다. 어서 오십시오."

"에이, 어서 오십시오, 어서 오십시오. 아니면 샐러드는 싫으신가요. 그렇다면 지금부터 불을 지펴 프라이로 해 드릴까요. 아무튼 어서 오십시오."

두 사람은 너무도 마음이 괴로운 나머지, 얼굴이 마치 구겨진 종잇조각처럼 되어 버렸고, 서로의 얼굴을 마주 보며 부르르 떨고, 소리도 내지 못한 채 울었습니다. 안쪽에서는 흐흐 하고 웃은 뒤 또다시 외치고 있었습니다.

"어서 오십시오, 어서 오십시오. 그렇게 울어서는 모처럼의 크림이 흘러 버리지 않겠습니까. 예, 지금 갑니다. 금방 가져옵니다. 자, 어서 오십시오."

"어서 오십시오. 주인어른은 벌써 냅킨을 두르고, 나이프를 들고, 입맛을 다시며 손님들을 기다리고 계십니다."

두 사람은 울고, 또 울고, 또 울고, 또 울고, 계속 울었습니다. 그때, 바로 뒤에서 갑자기 "왈, 왈, 왈!" 하고 소리가 나더니, 흰곰 같은 그 개 두 마리가 문을 들이받고 방 안으로 뛰어들어 왔습니다. 열쇠구멍의 눈알은 순식간에 사라졌고, 개들은 으르렁거리며 잠시 방 안을 빙글빙글 돌다가, 다시 한 번 크게, "왈!" 하고 짖더니, 곧바로 다음 문에 달려들었습니다. 문은 덜컥 열렸고, 개들은 빨려 들어가듯 그 안으로 뛰어갔습니다.

그 문 너머의 칠흑 같은 어둠 속에서, "냐아오, 쿠와아, 구르르르." 하는 소리가 나더니, 곧 시끌시끌한 몸부림 소리가 들려왔습니다.

방은 연기처럼 사라졌고, 두 사람은 추위에 부르르 떨며 풀숲 속에 서 있었습니다. 보니, 외투며 신발이며 지갑이며 넥타이핀이며, 이쪽 가지에는 축 늘어져 있고, 저쪽 뿌리 근처에는 흩어져 있었습니다. 바람이 훅 불어오고, 풀은 사각사각, 나뭇잎은 바스락바스락, 나무는 도둑둑 소리를 냈습니다. 개가 으르렁거리며 돌아왔습니다. 그러자 뒤쪽에서 누군가가 외쳤습니다.

"손님 어르신, 손님 어르신!"

두 사람은 갑자기 기운을 차려, "여기요, 여기! 여기 있다! 어서 와라!" 하고 외쳤습니다.

삿갓을 쓴 전문 사냥꾼이 풀숲을 사각사각 헤치며 다가왔습니다. 그제야 두 사람은 겨우 안도했습니다. 그리고 사냥꾼이 가져온 경단을 먹고, 돌아오는 길에 겨우 10엔을 들여 산비둘기를 사서 도쿄로 돌아갔습니다. 그러나, 조금 전 종잇조각처럼 일그러졌던 두 사람의 얼굴만은, 도쿄에 돌아가서 뜨거운 목욕을 해도, 예전 모습으로는 다시 돌아오지 않았습니다.

　　아쿠타가와 류노스케의 「덤불 속」은 한 건의 살인 사건을 둘러싼 여러 증언이 서로 모순을 이루며, 끝내 진실에 도달할 수 없음을 드러내는 작품이다. 인물들은 각자의 기억과 욕망, 자기정당화에 따라 서로 다른 "진실"을 말하고, 독자는 그 균열 속에서 인간 인식의 불완전함을 마주하게 된다. 이는 훗날 '라쇼몽 효과'란 이름으로 세계적으로 회자된 문제의식이기도 하다. 이번 번역은 원문의 독특한 증언 형식을 살려 검비위사의 질문만 따옴표로 표기하고, 고유한 말투와 심리의 떨림을 최대한 유지하였다. 또한 시대적 배경과 문화적 요소는 최초 등장 시 주석으로 보완했다. 이 짧은 작품 속에서 아쿠타가와는 인간이 스스로도 붙잡지 못하는 진실의 본질을 예리하게 비춘다. 이 번역이 그 여운을 독자에게 온전히 전하길 바란다.

덤불 속

藪の中

아쿠타가와 류노스케

검비위사[1]에게 문초를 받은
나무꾼의 이야기

예, 그렇습니다. 그 시신을 처음 발견한 것은 틀림없이 저입니다. 저는 오늘 아침도 평소와 다름없이 뒷산의 삼나무를 베러 갔습니다. 그러자 산그늘 진 덤불 속에 그 시신이 있었던 것입니다. 어디에 있었느냐고요? 그것은 야마시나 역길에서 네다섯 정(町)쯤 떨어진 곳일 것입니다. 대나무 사이에 여윈 삼나무가 섞여 자라고, 인적이라고는 전혀 없는 곳입니다.

시신은 하늘빛 물들이 스이칸[2]을 입고, 도읍 풍의 그을린 에보시[3]를 쓴 채, 하늘을 향해 쓰러져 있었습니다. 비록 한 번 찌른 상처라 하나, 가슴께를 찔린 상처였으니, 시신 둘레의 대나무 낙엽

은 마치 소목(蘇芳)[4] 물이 스민 듯 붉게 물들어 보였습니다. 아니요, 피는 이미 더 흘러나오고 있지 않았습니다. 상처도 벌써 말라 있는 듯했습니다. 게다가 그곳에는 말파리 한 마리가, 제 발소리도 듣지 못하는 것처럼, 딱 달라붙어 있었습니다.

"장검 같은 것은 보이지 않았느냐?"

아니요, 아무것도 없었습니다. 다만 그 곁의 삼나무 뿌리께에 밧줄이 한 올 떨어져 있었습니다. 그리고… 그렇지요, 밧줄 말고도 빗이 하나 있었습니다. 시신 주변에 있던 것은 이 둘뿐이었습니다. 그런데 풀과 대나무 낙엽이 사방으로 짓밟혀 있었으니, 틀림없이 그 사내는 살해되기 전에 꽤나 지독한 몸부림이라도 쳤던 것이 틀림없습니다.

"뭐라, 말은 없었느냐?"

그곳은 애초에 말 같은 것은 들어갈 수 없는 자리입니다. 무엇보다 말이 다니는 길과는 덤불 하나를 사이에 두고 완전히 떨어져 있으니까요.

---

4   자주빛을 내는 염료

검비위사의 문초를 받은
여행 승려의 이야기

그 시신의 사내라면, 분명히 어제 저도 만났습니다. 어제⋯ 그렇지요, 정오 무렵이었을 것입니다. 장소는 세키야마(関山)[5]에서 야마시나(山科)로 가는 도중이었습니다. 그 사내는 말에 탄 여인과 함께 세키야마 쪽에서 이쪽으로 걸어오고 있었습니다. 여인은 무자(牟子)[6]를 내려 쓰고 있었으므로 얼굴은 보이지 않았습니다. 제가 볼 수 있었던 것은 다만, 여러 색으로 겹쳐 입은 듯한 하기카사네(萩重ね)[7]의 빛깔뿐이었습니다.

말은 누런빛 털이 나는 말이었고⋯ 아마 법사가 쓰는 머리모양을 닮은 후지가미(法師髪)를 가진 말 같았습니다. 키 말씀이십니

---

5   교토 동쪽의 산길
6   여승이나 귀부가 얼굴을 가리기 위해 쓰던 얇은 장막
7   가을 풀 '하기' 색을 본딴 겹옷

까? 키는 네 치(寸)쯤은 족히 넘었을까요. 아무래도 사문(沙門, 승려를 높여 부르는 말) 일이었으니, 그 점은 저도 정확히는 알지 못합니다.

사내는… 그렇지요, 장검도 차고 있었고, 활과 화살도 지니고 있었습니다. 특히 검게 칠한 화살통에 스무 발 남짓의 전투용 화살을 꽂은 모습은 지금도 또렷이 기억하고 있습니다.

그 사내가 이 지경에 이를 줄은 꿈에도 생각지 못했습니다만, 참으로 사람의 목숨이란 여로역여전(如露亦如電)[8] 같다는 생각이 절로 듭니다. 참으로, 아무 말도 할 수 없는… 안쓰러운 일이 아닐 수 없습니다.

---

8   이슬 같고 번갯불 같아 덧없다는 뜻의 불교 표현

검비위사에게 문초를 받은
방면(하급 경찰, 포졸)의 이야기

제가 붙잡은 사내 말씀이십니까. 이는 틀림없이 다조마루(多襄丸)[9]라는 자입니다. 제가 그를 체포했을 때에는 말에서 떨어진 모양인지, 교토 동쪽 출입문의 돌다리 위에 쓰러져 끙끙 앓고 있었습니다. 시각이요? 시각은 어젯밤 초경이었을 것입니다.

전에 제가 그를 놓쳤을 때에도, 다조마루는 이 곤색 스이칸을 입고, 장식이 들어간 장검을 차고 있었습니다. 지금은 보시다시피 그 밖에도 활과 화살 따위를 갖추고 있습니다.

"그 시신의 사내가 가지고 있던 것도 이런 것이었느냐?"

그렇다면 사람을 죽인 것은 틀림없이 이 다조마루일 것입니다. 가죽을 감아 만든 활, 검게 칠한 에비라, 매 깃을 단 소야 열일

---

9   당시 교토 일대에서 악명 높던 도적

곱 발… 이것들은 모두 그 사내가 지니고 있던 물건임이 틀림없습니다.

예. 말도 말씀하신 그대로 후지가미 츠키게 입니다. 그 짐승에게 떨어지다니, 이는 아무래도 무슨 업보가 작용한 것일 것입니다. 그 말은 돌다리에서 조금 앞서, 긴 말의 곁끈를 끌어당긴 채, 길가의 푸른 억새를 뜯어 먹고 있었습니다.

이 다조마루라는 놈은, 낙중(洛中)[10] 일대를 떠도는 도적들 가운데서도 특히 여자를 밝히는 자입니다. 작년 가을, 도리베데라(鳥部寺)[11] 비즈루(賓頭盧)[12] 뒤쪽 산에서, 기도를 드리러 왔던 한 여자가 어린 시녀와 함께 살해되어 있었는데, 그것도 이놈의 짓이라고들 했습니다. 그 츠키게 말에 타고 있던 여인 역시, 이놈이 그 사내를 죽였다면 어디로 어떻게 해쳤는지 알 길이 없습니다.

주제넘은 말씀이지만, 그 일 또한 부디 엄정히 조사해 주시기 바랍니다.

10　교토 시내
11　교토 남쪽의 절
12　불상 명칭

검비위사에게 문초를 받은
늙은 여자의 이야기

예, 그 시신은 저의 딸이 정혼했던 사내입니다. 다만 도성 사람이 아니었습니다. 와카사(若狹)[13] 지방 관청에 속한 사무라이였습니다. 이름은 가나자와 다케히로로, 나이는 스물여섯이었습니다. 아니지요, 그 아이는 성품도 온순했으니, 원한을 살 까닭은 조금도 없었습니다.

딸 말씀이십니까. 딸의 이름은 마사고, 나이는 열아홉입니다. 사내 못지않게 기개가 있는 아이라 해도, 다케히로 말고는 한 번도 남자를 둔 적이 없습니다. 얼굴은 약간 거무스름하고, 왼쪽 눈가에 작은 점이 있으며, 조그마한 오이씨 같은 얼굴을 하고 있습니다.

---

13   지금의 후쿠이 서쪽 지방

다케히로는 어제 딸과 함께 와카사로 떠났습니다만, 이런 일이 되고 보니 어찌 이런 인과가 있겠습니까. 하지만 딸이 어떻게 되었는지는… 사위의 일은 포기한다 해도, 그것만은 마음이 놓이지 않습니다. 부디 이 늙은 어미가 평생을 걸고 드리는 부탁이오니, 설령 풀숲을 헤치는 한이 있더라도, 딸의 행방만은 꼭 찾아 주십시오.

무엇보다도 얄미운 것은, 그 다조마루라는 도적놈입니다. 사위만이 아니라 딸까지도…….

(이후는 늙은 여자는 울음에 막혀 말을 잇지 못한다)

다조마루의 자백

그 사내를 죽인 것은 바로 저입니다. 그러나 여자는 죽이지 않았습니다. 그렇다면 어디로 갔느냐고요? 그것은 저도 모릅니다. 자, 잠시 기다리십시오. 아무리 고문을 한다 해도, 모르는 일은 말할 도리가 없지 않겠습니까. 게다가 이렇게 된 이상, 저도 비겁하게 숨길 생각은 없습니다.

저는 어제 정오 조금 지나 그 부부를 만났습니다. 그때 바람이 스치는 바람에, 여인이 내려쓴 무자가 문득 들린 것입니다. 그래서 잠깐 동안 여인의 얼굴이 보였습니다. 잠깐… 보였다고 생각한 그 순간에는 이미 다시 보이지 않았지만, 아마 그 때문이었겠지요. 제 눈에는 그 여인의 얼굴이 마치 여보살(女菩薩)[14]처럼 보였던 것입니다. 저는 그 찰나의 동안에, 사내는 죽여도 여자는 빼앗겠

---

14   자비로운 보살의 모습과 비유되는 표현

다고 결심했습니다.

　무엇이 사내를 죽이는 일이냐고요? 여러분이 생각하는 것처럼 대수로운 일이 아닙니다. 여자를 빼앗으려 한다면 사내는 반드시 죽게 마련입니다. 다만 저는 사람을 죽일 때 허리의 장검을 씁니다. 하지만 당신들은 장검을 사용하지 않습니다. 대신 권력으로 죽이고, 돈으로 죽이고, 때로는 가식적인 말 몇 마디로도 사람을 죽이겠지요. 피는 흐르지 않을 것입니다. 사내는 멀쩡히 살아 있을 것입니다. ……그러나 그것 역시 '죽인 것'입니다. 죄의 깊이를 생각해 보면, 여러분과 제가 어느 쪽이 더 나쁜지, 알 길이 있겠습니까. (쓴웃음을 지음)

　그렇지만 사내를 죽이지 않고도 여자를 빼앗을 수 있다면, 굳이 부족할 것은 없었습니다. 아니, 그때의 제 마음은 가능한 한 사내를 죽이지 않은 채 여인을 데려오려는 것이었습니다. 하지만 야마시나의 역길에서는 도저히 그런 일은 할 수가 없었습니다. 그래서 저는 산속으로 그 부부를 데려갈 방도를 꾸몄습니다.

　이 또한 어려울 것이 없었습니다. 그 부부와 길동무가 되자, 저는 저 앞의 산에는 오래된 고분(古塚)이 있고, 그 고분을 파헤치니 거울과 장검들이 잔뜩 나왔다고, 저는 그 물건들을 아무도 모르는 산그늘 덤불 속에 몰래 묻어 두었다고, 혹시 원하면 어떤 것이라도 싸게 팔아 넘기겠다고 말을 꺼냈습니다. 사내는 어느새 제 말에 조금씩 마음이 움직이기 시작했습니다. 그리고… 어떻습니까.

욕심이라는 것은 참으로 무서운 것이 아니겠습니까. 그로부터 반 시(半時)도 지나지 않아, 그 부부는 저와 함께 산길을 향해 말을 돌리고 있었던 것입니다.

저는 덤불 앞에 이르자, 보물은 이 안에 묻혀 있으니 와서 보라고 말했습니다. 사내는 욕심에 목말라 있었으므로, 달리 이의를 제기할 까닭이 없었습니다. 그러나 여인은 말에서 내리지 않고, 여기서 기다리겠다고 했습니다. 또 저렇게 덤불이 무성한 곳을 보면, 그렇게 말하는 것도 무리는 아니겠지요. 사실 이 모든 것이 제 생각대로 흘러간 터이니, 저는 여인 하나를 그대로 남겨 둔 채 사내와 함께 덤불 속으로 들어갔습니다.

덤불은 한동안은 대나무뿐이었습니다. 그러나 반 정(町)쯤 가면, 약간 트인 삼나무 숲이 있습니다. 제가 일을 마치기에는 이보다 더 알맞은 장소가 있을 수 없었습니다. 저는 덤불을 헤치며, 보물은 저 삼나무 아래에 묻어 두었다고, 그럴듯한 거짓말을 했습니다. 사내는 제가 그렇게 말하자, 이미 성긴 삼나무가 비쳐 보이는 쪽으로 죽기 살기로 나아갔습니다. 그러는 사이 대나무가 드문드문해지고, 여러 그루의 삼나무가 줄지어 서 있는 곳이 나타났습니다. 저는 그곳에 이르자마자, 곧바로 상대를 덮쳐 눌러 넘어뜨렸습니다.

사내도 장검을 차고 있는 만큼 기력은 상당했던 듯하지만, 기습을 당하고는 당해낼 수 없었습니다. 그는 순식간에 한 그루의 삼나무 뿌리께에 묶여 버렸습니다. 밧줄 말씀이십니까? 도적에게 밧줄은 언제 담을 넘을지 모르니, 늘 허리에 차고 다니는 법입니다. 물론 소리를 내지 못하게 하려면, 대나무 낙엽을 입에 물려 주기만 하면 더 이상 번거로운 일도 없습니다.

제가 사내를 제압하고 난 뒤에는, 이번에는 다시 여인에게로 가서 사내가 급병을 일으킨 것 같으니 와서 보라고 말했습니다. 이것 또한 제 의도대로 맞아떨어진 것은 굳이 말할 필요도 없겠지요. 여인은 이치메가사(市女笠)[15]를 벗은 채, 제 손에 이끌려 덤불 안으로 들어왔습니다.

그런데 그곳에 이르러 보니 사내는 삼나무 뿌리에 묶여 있었고, 여인은 그것을 보자마자 언제 품에서 꺼냈는지 번쩍 작은 칼을 뽑아 들었습니다. 저는 그때까지도, 그만큼 성질이 사나운 여자는 단 한 번도 본 적이 없었습니다. 만일 그 순간 제가 방심이라도 했다면, 한 번에 배를 꿰뚫렸을 것입니다. 아니, 몸을 비켜 피했다 해도, 무지막지하게 휘두르는 동안 어떤 상처라도 입지 않을 수 없었을 것입니다.

그러나 저도 다조마루입니다. 어떻게든 장검조차 뽑지 않고도, 끝내 그 작은 칼을 쳐 떨어뜨렸습니다. 아무리 기세가 센 여인이라 해도, 무기가 없다면 어찌하겠습니까. 저는 결국 제 뜻대로,

---

1 5 평민 여성이 쓰던 둥근 삿갓

사내의 목숨을 빼앗지 않고도 여인을 손에 넣을 수 있었던 것입니다.

사내의 목숨은 빼앗지 않았지만… 그렇습니다. 저는 애초에도 사내를 죽일 생각은 없었습니다. 그런데 울며 쓰러진 여인을 뒤로 한 채 덤불 밖으로 달아나려 하자, 여인은 갑자기 제 팔에 미친 사람처럼 매달렸습니다. 그리고 끊어질 듯한 숨으로 외치는 말을 들어 보니, 당신이 죽든 남편이 죽든, 어느 한 사람은 죽어 달라, 두 사내에게 부끄러움을 보이느니 차라리 죽는 것이 낫다고 하는 것입니다. 아니, 그 안에서도 어느 쪽이든 살아남는 사내를 따라가고 싶다고… 이렇게 헐떡이며 말하는 것이었습니다. 그 순간 저는 문득, 사내를 죽이고 싶은 마음이 치밀어 올랐습니다.

(음울한 격정)

이런 말을 드리면, 여러분은 분명 저를 자신들보다 더 잔혹한 인간으로 보시겠지요. 그러나 그것은 여러분이 그 여자의 얼굴을 보지 않았기 때문입니다. 특히 그 일순간 번개처럼 타오르는 눈빛을 보지 못했기 때문입니다. 저는 여인과 눈을 맞추었을 때, 비록 천둥에 맞아 죽는다 해도 이 여자를 아내로 삼고 싶다고 생각했습니다. 아내로 삼고 싶다… 그때 제 마음속에 있었던 것은 이 한 가지뿐이었습니다. 이것은 여러분이 생각하시는 것처럼 천한 색욕이 아닙니다. 만약 그때 제 마음속에 욕정 말고는 아무 바람도 없었다면, 저는 여인을 걷어차서 쓰러뜨리고서라도 분명히 달아났을 것입니다. 그렇게 했다면 사내 역시 제 장검을 피하여 피 보지 않는 쪽으로 끝났겠지요.

그러나 어스름한 덤불 속에서, 여자의 얼굴을 가만히 바라본 그 찰나, 저는 사내를 죽이지 않고서는 이곳을 떠나지 않겠다고 마음을 굳혔던 것입니다.

그러나 사내를 죽인다 해도 비겁한 방법으로는 하고 싶지 않았습니다. 저는 사내의 밧줄을 풀어 준 뒤, 정정당당히 장검으로 겨루라고 말했습니다. (삼나무 뿌리께 떨어져 있던 밧줄은, 그때 제가 내다 버리고 잊고 간 것입니다.)

사내는 얼굴빛을 바꾸며 굵은 장검을 뽑아 들었습니다. 그러고는 한마디 말도 없이, 분노에 차 저에게 뛰어들었습니다. …… 그 장검 결투가 어떻게 끝났는지는 굳이 말씀드릴 필요도 없겠지요. 제 장검은 스물세 합째에 상대의 가슴을 관통했습니다. 스물세 합째에—부디 그것을 잊지 말아 주십시오. 저는 지금도 이 일만큼은 대단했다고 생각하고 있습니다. 저와 스무 합을 넘게 맞겨룬 사내는 천하에 그 사내 하나뿐이었으니까요. (쾌활한 미소)

사내가 쓰러지자마자, 피로 물든 칼을 내린 채 여인을 돌아보았습니다. 그런데—어찌 된 일입니까, 여인은 어디에도 보이지 않았습니다. 여인이 어느 쪽으로 달아났는지 삼나무 사이를 찾아보았습니다. 그러나 대나무 낙엽 위에는 그것을 짐작할 만한 흔적조차 남아 있지 않았습니다. 또 귀를 기울여 보아도, 들리는 것은 사내의 목에서 새어 나오는 단말마의 숨소리뿐이었습니다.

혹시 여인은, 제가 장검 결투를 시작하자마자 누군가를 부르기 위해 덤불을 뚫고 달아난 것인지도 모릅니다. 그렇게 생각하니, 이번에는 제 목숨이 더 급해졌습니다. 저는 사내의 장검과 활을 빼앗은 채 곧장 다시 산길로 나갔습니다. 그곳에는 아직도 여인의 말이 조용히 풀을 뜯고 있었습니다.

그 뒤의 일은 말씀드릴 만큼의 말수가 필요하지 않을 것입니다. 다만, 도성에 들어가기 전에 장검만은 이미 손에서 놓아 버렸습니다. ……저의 자백은 이것뿐입니다. 어차피 제 목숨은 언젠가 참나무 가지에 매달릴 목숨이라 생각하고 있으니, 부디 극형에 처해 주십시오. (당당한 태도)

기요미즈데라_(清水寺)[16]로
찾아온 여인의 참회

그 곤색 스이칸을 입은 사내는 저를 욕보이고 나서, 포박된 남편을 바라보며 비웃듯 웃었습니다. 남편이 얼마나 원통했겠습니까. 하지만 몸부림을 치면 칠수록, 온몸에 둘러진 밧줄자국은 더욱 깊이 파고들 뿐이었습니다. 저는 남편 곁으로 쓰러지듯 달려가려 했습니다. 아니, 달려가려 한 순간이었습니다. 그러나 사내는 눈 깜짝할 사이에 저를 그 자리에 걷어찼습니다.

바로 그때였습니다. 저는 남편의 눈 속에 형언할 수 없는 빛이 깃드는 것을 느꼈습니다. 형언할 수 없는⋯ 그 눈을 떠올리면 지금도 몸서리가 쳐질 따름입니다. 입조차 한마디 떼지 못하는 남편은 그 찰나의 눈빛으로 자신의 모든 마음을 전했습니다. 그러나

---

16   교토의 사찰

그 속에 번뜩이고 있던 것은 분노도, 슬픔도 아니었습니다. ……
저를 업신여기는 싸늘한 빛이 아니었습니까. 저는 사내에게 걸어
차인 것보다도, 그 눈빛에 맞아 쓰러진 듯 저도 모르게 무엇인가
를 외치고, 끝내 의식을 잃고 말았습니다.

얼마 뒤에야 정신을 차리고 보니, 그 곤색 스이칸의 사내는 이
미 어디론가 사라지고 없었습니다. 남아 있는 것은 삼나무 뿌리에
묶인 남편뿐이었습니다. 저는 대나무 낙엽 위에서 몸을 겨우 일으
킨 채 남편의 얼굴을 바라보았습니다. 하지만 남편의 눈빛은 조
금도 달라지지 않았습니다. 여전히 싸늘한 멸시의 바닥에, 증오의
빛을 드러내고 있었습니다.

부끄러움, 슬픔, 분한 마음… 그때 제 마음속이 어떠했는지는
이루 다 말할 길이 없습니다. 저는 비틀거리며 일어나, 남편 곁으
로 가까이 다가갔습니다.

당신. 이렇게 되고 만 이상, 저는 당신과 함께 있을 수 없습니
다. 저는 한 번 결심하고 죽을 작정입니다. 그러나… 그러나 당신
도 죽어 주십시오. 당신은 제 치욕을 보셨습니다. 저는 이대로 당
신 한 사람만을 남겨 두고 떠날 수는 없습니다.

저는 온 힘을 다해 이렇게 말했습니다. 그런데도 남편은 여전
히 저를 역겹다는 듯 바라보고 있을 뿐이었습니다. 저는 터질 듯
한 가슴을 누르며 남편의 장검을 찾았습니다. 그러나 그것은 도둑
놈이 가져가 버렸는지, 장검은 물론 활과 화살조차 덤불 속 어디

에도 보이지 않았습니다. 다만 다행히 작은 칼만은 제 발치에 떨어져 있었습니다. 저는 그 작은 칼을 치커들고 다시 한 번 남편에게 말했습니다.

당신의 목숨을 제가 받겠습니다. 저도 곧 따라가겠습니다.

남편은 이 말을 들은 순간에야 비로소 입술을 움직였습니다. 물론 입에는 대나무 낙엽이 가득 물려 있어, 소리는 전혀 들리지 않았습니다. 그러나 저는 그것을 보자 그 말의 뜻을 단숨에 알아차렸습니다. 남편은 저를 멸시한 눈 그대로, "죽여라." 하고 한마디 말했던 것입니다. 저는 거의 몽환 속에서, 남편의 하늘빛 스이칸의 가슴께에 그 작은 칼을 깊이 찔러 넣었습니다.

아마 이때도 저는 정신을 잃었던 모양입니다. 주위를 겨우 둘러보았을 때에는, 남편은 이미 묶인 채 완전히 숨이 끊어져 있었습니다. 그 창백한 얼굴 위로, 대나무 사이로 섞인 삼나무 숲의 하늘에서 저녁 햇살 한 줄기가 떨어지고 있었습니다. 저는 울음소리를 삼키며 시신의 밧줄을 풀어 버렸습니다. 그리고—그리고 제가 그 뒤에 어떻게 되었느냐고요? 그것만은 더 이상 말씀드릴 힘도 없습니다. 어찌 되었든 저는 죽을 힘마저 없었습니다. 작은 칼을 목에 찔러 넣어 보기도 하고, 산 허리의 연못에 몸을 던져 보기도 했지만, 끝내 죽지 못하고 이렇게 살아 있는 이상, 그것도 자랑이 될 수는 없을 것입니다.

(쓸쓸한 미소)

저처럼 이렇게 한심한 사람은, 대자대비의 관세음보살께서조차 내버리셨을지도 모릅니다. 그러나 남편을 죽인 저는, 도둑에게 욕보인 저는, 도대체 어떻게 해야 좋단 말입니까.

도대체 저는… 저는….

(갑작스러운 격렬한 흐느낌)

무녀의 입을 빌린
죽은 사내의 이야기

　　도둑은 아내를 욕보이고 나서는, 그 자리에 앉은 채 여러모로 아내를 달래기 시작했다. 나는 물론 입도 움직일 수 없었다. 몸도 삼나무 뿌리에 묶여 있었다. 그러나 나는 그 사이에도 몇 번이나 아내에게 눈짓을 했다. 이 사내의 말을 곧이듣지 마라, 무슨 말을 해도 거짓말로 여겨라—나는 그런 뜻을 전하고 싶었던 것이다.

　　하지만 아내는 시든 듯 대나무 낙엽 위에 앉아, 가만히 무릎만 내려다보고 있었다. 그 모습이 어쩐지 도둑의 말에 귀 기울이고 있는 것처럼 보이지 않는가. 나는 질투에 몸부림쳤다. 그러나 도둑은 기막힐 정도로 교묘하게 말을 이어 갔다. 한 번이라도 몸이 더럽혀진 이상, 남편과도 사이가 맞을 리 없을 것이다. 그런 남편과 함께 살 바에야 차라리 나의 아내가 되지 않겠느냐. 나는 그대를 사랑하니 이렇듯 큰짓을 한 것이 아니냐—도둑은 마침내 그 대담한 말까지 꺼냈던 것이다.

도둑이 그렇게 말하자, 아내는 황홀한 듯 얼굴을 들었다. 나는 그때만큼 아름다운 아내를 본 적이 없었다. 그러나 그 아름다운 아내가, 지금 이렇게 묶여 있는 나를 앞에 두고, 도둑에게 뭐라고 대답했는가. 나는 지금도 중유(中有)[17]에 떠돌고 있어도, 아내의 그 대답만 떠올리면 노여움에 불타지 않은 적이 없다.

아내는 분명 이렇게 말했다—

……어디로든 데려가 주세요.

(긴 침묵)

아내의 죄는 그뿐만이 아니었다. 그뿐이라면 이 어둠 속에서, 지금처럼 내가 괴로워하지도 않았을 것이다. 그러나 아내는 꿈결처럼 도둑에게 손을 이끌리며 덤불 밖으로 나가려던 순간, 돌연 얼굴빛을 잃고는 삼나무 뿌리에 묶인 나를 가리켰다.

아무쪼록 저 사람을 죽여 주세요. 저 사람이 살아 있는 한, 저는 당신과 함께 있을 수 없습니다.

아내는 미친 듯이 이 말을 몇 번이나 외쳐댔다.

아무쪼록 저 사람을 죽여 주세요.

이 말은 지금도 폭풍처럼, 멀고 깊은 어둠 속으로 나를 곤두박질치게 하려 한다. 단 한 번이라도 이토록 미워할 만한 말을 사람

---

1 7　죽음과 다음 생 사이의 미혹한 상태

이 입에 올린 적이 있었을까. 단 한 번이라도 이토록 저주스러운 말이 사람의 귀에 닿은 적이 있었을까.

단 한 번이라도,──

(갑자기 터져 나오는 듯한 조소)

그 말을 들었을 때는, 도둑조차 얼굴빛을 잃고 말았다.

아무쪼록 저 사람을 죽여 주세요.

아내는 그렇게 외치며 도둑의 팔에 매달려 있었다. 도둑은 아내를 말없이 바라보기만 할 뿐, 죽이겠다고도, 살리겠다고도 대답하지 않았다.

──그런가 하면 그런가 싶기도 한 그 짧은 순간에, 아내는 대나무 낙엽 위에 단 한 번의 걸어차임으로 쓰러지고 말았다.

(다시 한 번 터져 나오는 조소)

도둑은 차분히 두 팔을 가로로 모으고는, 내 쪽으로 시선을 돌렸다.

그 여자는 어떻게 할 생각이냐. 죽일까, 아니면 살려 줄까. 대답은 고개만 끄덕이면 된다. 죽일까?

……나는 이 말 하나만으로도, 도둑의 죄를 용서해 주고 싶은 마음이 든다.

(다시, 긴 침묵)

아내는 내가 머뭇거리는 사이, 무엇인가 한 소리를 내지르자마자 순식간에 덤불 깊숙이 달아났다. 도둑도 눈 깜짝할 사이에 달려들었지만, 손끝 하나 잡지 못한 듯했다. 나는 단지 환영을 바라보듯, 그 광경을 멀거니 지켜보고 있었을 뿐이다.

도둑은 아내가 도망쳐 간 뒤, 장검과 활을 주워 들고는 밧줄의 한군데를 잘랐다.

이번에는 내 차례다.

……도둑이 덤불 밖으로 몸을 감추는 순간, 나는 그가 이렇게 중얼거렸던 것을 기억하고 있다.

그 뒤는 아무 소리도 들리지 않았다. 아니, 아직 누군가 우는 소리가 들려왔다. 나는 밧줄을 풀며 가만히 귀를 기울였다. 그러나 문득 깨닫고 보니, 그 울음소리는 바로 내 울음이 아니었는가.

(세 번째, 긴 침묵)

나는 겨우 삼나무 뿌리에서 지친 몸을 일으켰다. 내 앞에는 아내가 떨어뜨린 작은 칼이 하나 빛나고 있었다. 나는 그것을 집어 들고, 한 번에 내 가슴을 찔러 넣었다. 무엇인가 선혈의 덩어리가 입안으로 치밀어 올라왔다. 그러나 고통은 조금도 없었다. 다만 가슴이 싸늘해지자, 주위는 더욱 고요해졌다.

아아, 이 얼마나 깊은 고요인가. 이 산그늘의 덤불 아래에는, 작은 새 한 마리 지저귀러 오지 않았다. 다만 삼나무와 대나무 끝자락에, 쓸쓸한 햇빛이 떠돌고 있을 뿐이었다. 햇빛이—그 햇빛마저도 차츰 엷어져 갔다.

……이제는 삼나무도 대나무도 보이지 않는다.

나는 그 자리에 쓰러진 채, 깊은 고요 속에 잠겨 있었다.

그때 누군가가 살금살금 내 곁으로 다가왔다. 나는 그쪽을 보려고 했다. 그러나 어느새 내 주위에는 옅은 어둠이 가득 차 있었다. 누군가—그 누군가는 보이지 않는 손으로, 조용히 내 가슴의 작은 칼을 뽑았다. 동시에 내 입속에는 피가 다시 한 번 넘쳐흘렀다.

나는 그 순간을 끝으로, 영원히 중유의 심연 속으로 가라앉고 말았다.

(다이쇼 10년 12월)

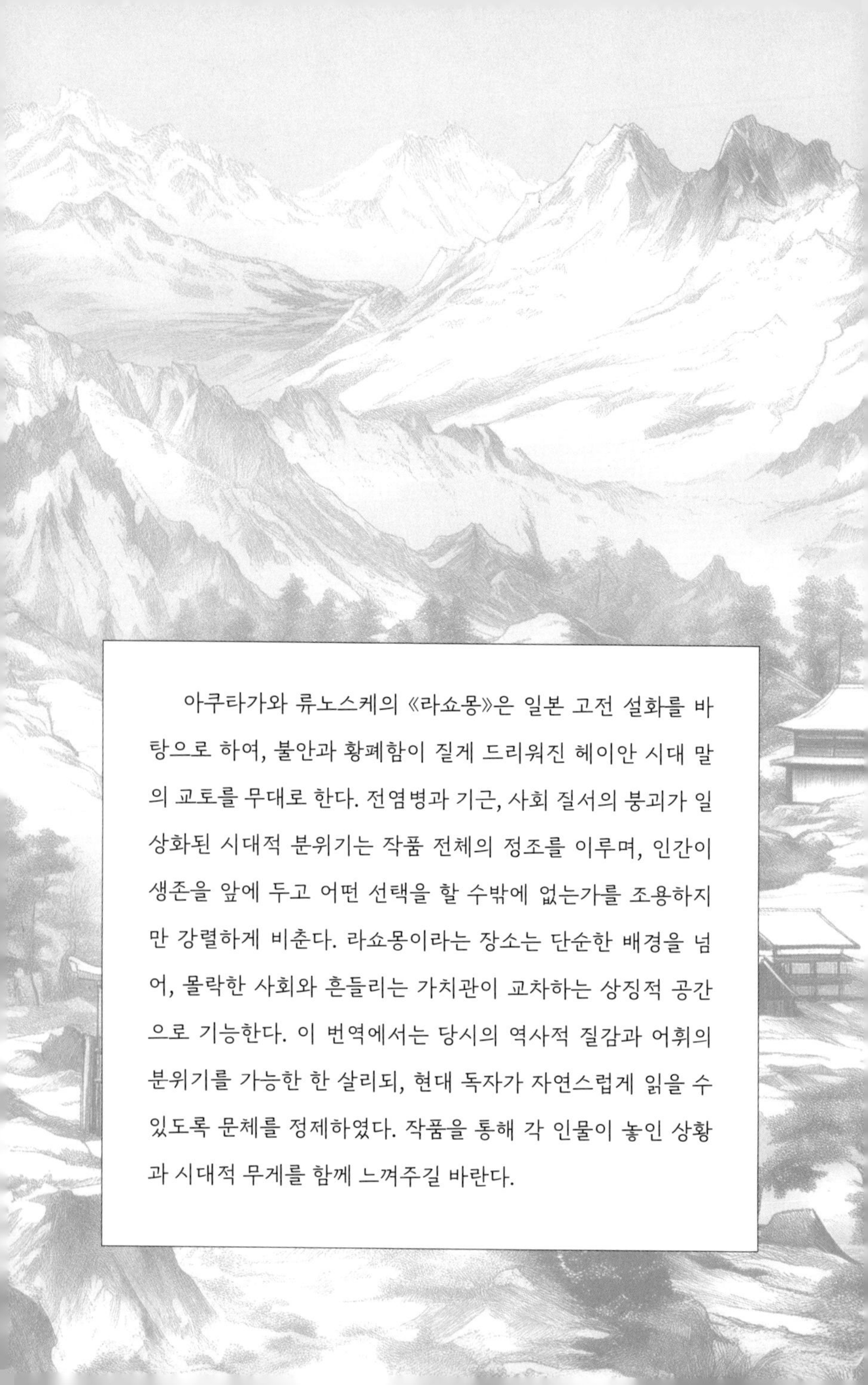

아쿠타가와 류노스케의 《라쇼몽》은 일본 고전 설화를 바탕으로 하여, 불안과 황폐함이 짙게 드리워진 헤이안 시대 말의 교토를 무대로 한다. 전염병과 기근, 사회 질서의 붕괴가 일상화된 시대적 분위기는 작품 전체의 정조를 이루며, 인간이 생존을 앞에 두고 어떤 선택을 할 수밖에 없는가를 조용하지만 강렬하게 비춘다. 라쇼몽이라는 장소는 단순한 배경을 넘어, 몰락한 사회와 흔들리는 가치관이 교차하는 상징적 공간으로 기능한다. 이 번역에서는 당시의 역사적 질감과 어휘의 분위기를 가능한 한 살리되, 현대 독자가 자연스럽게 읽을 수 있도록 문체를 정제하였다. 작품을 통해 각 인물이 놓인 상황과 시대적 무게를 함께 느껴주길 바란다.

라쇼몽

羅生門

아쿠타가와 류노스케

어느 날 해 질 무렵의 일이다. 한 하급 관리인이 라쇼몽(羅生門)[1] 아래에서 비가 그치기를 기다리고 있었다.

넓은 문 아래에는 이 사내 말고는 아무도 없었다. 다만 군데군데 붉은 칠이 벗겨진 굵은 원기둥에 귀뚜라미가 한 마리 붙어 있을 뿐이었다. 라쇼몽이 스자쿠오오지(朱雀大路)[2] 위에 자리한 이상, 이 사내 말고도 비를 피하려는 시녀의 갓이나 모미에보시(揉烏帽子)[3]를 쓴 이가 서너 명쯤은 있어도 좋을 법했다. 그러나 이 사내 외에는 아무도 없었다.

왜냐 하면, 지난 이삼 년 동안 교토에는 지진이며 돌개바람이며 화재이며 기근 같은 재해가 잇따라 일어났고, 그 탓에 교토 시내는 이루 말할 수 없을 만큼 쇠퇴했기 때문이다. 옛 기록에 따르

---

1   교토 남쪽의 폐허가 된 성문

2   교토의 남북대로

3   천으로 만든 검은 모자

면, 사람들은 불상과 불구를 부숴 그 붉은 칠이나 금·은박이 붙은 나무를 길가에 쌓아 올린 뒤 장작감으로 팔았다고 한다. 시내가 이 지경이니 라쇼몽의 수리를 돌보는 이도 처음부터 없었다. 그 바람에 폐허가 된 문에는 여우와 너구리가 살고, 도둑들이 살고, 마침내는 거둘 이 없는 시신을 이 문까지 가져와 버리고 가는 풍습까지 생겼다. 그래서 해가 지고 나면 누구나 이 문 근처를 꺼려 발걸음을 멈추게 된 것이다.

그 대신 까마귀가 어디선가 많이 날아왔다. 낮에 보면 그 까마귀들이 몇 마리든 원을 그리며, 높은 시비(鴟尾·しび)[4] 둘레를 울며 날아다녔다. 특히 저녁 노을로 하늘이 붉게 물들 때에는, 마치 참깨를 흩뿌린 듯 까마귀 떼의 형체가 뚜렷이 보였다. 까마귀는 말할 것도 없이, 문 위에 놓인 시신의 살점을 쪼아 먹으러 오는 것이다. ——그렇지만 오늘은 시각이 늦어서인지 한 마리도 보이지 않았다. 다만 군데군데 무너져 금이 가고, 그 틈새에 긴 풀이 자란 돌계단 위에 까마귀의 흰 배설물이 점점이 들러붙어 있는 것이 보일 뿐이었다.

하급 관리는 일곱 층계 중 가장 위의 단에, 빤히 바랜 감색 도롱이에 엉덩이를 붙이고, 오른쪽 뺨에 난 큰 여드름을 신경 쓰며, 멍하니 내리는 비를 바라보고 있었다.

---

4   지붕의 장식

작자는 조금 전에 "하급 관리가 비가 그치기를 기다리고 있었다"고 썼다. 그러나 이 하급 관리는 비가 그친다 해서 딱히 어디로 갈 방도도 없었다. 평소라면 물론 주인의 집으로 돌아가야 했을 것이다. 그런데 그 주인에게서도 서너 날 전쯤 해고를 당했다. 앞서 말했듯, 당시 교토는 이루 헤아릴 수 없이 쇠미해 있었다. 이 하급 관리가 오랫동안 섬기던 주인에게 해고된 것도, 실은 이 쇠미의 작은 여파에 지나지 않는다. 그러므로 "하급 관리가 비가 그치기를 기다리고 있었다"는 말보다는 "비에 갇힌 하급 관리가 갈 곳도 없이 막막해 하고 있었다"는 쪽이 더 알맞다.

게다가 오늘의 하늘빛도 적지 않게 이 헤이안 시대 하급 관리의 감정적 기질에 영향을 미쳤다. 미시(申の刻) 무렵부터 내리기 시작한 비는 아직도 그칠 기미가 보이지 않는다. 그래서 하급 관리는 무엇보다도 당장 내일의 삶을 어떻게든 꾸려 보려고, 다시 말해 어떻게 할 수도 없는 일을 어떻게든 해 보려는 생각을 더듬으며, 조금 전부터 스자쿠오오지에 내리는 비 소리를 들으려는 듯 듣지 않으려는 듯 하고 있었다.

비는 라쇼몽을 감싸며, 먼 곳에서 몰려오는 듯한 자욱한 소리를 모아 온다. 저녁 어스름은 차츰 하늘을 낮추고, 올려다보면 문지붕의 기와 끝이 사선으로 돌출된 채, 무겁고 어둑한 구름을 떠받치고 있다.

어찌할 수 없는 일을 어떻게든 하기 위해서는, 방도를 가릴 겨

를이 없다. 가린다면 흙담 아래나 길가의 흙 위에서 굶어 죽을 뿐
이다. 그리고 죽은 뒤에는 이 문 위로 실려 와 개처럼 버려질 뿐이
다. 가리지 않으면——하급 관리의 생각은 몇 번이고 같은 길을
서성인 끝에, 겨우 이 막다른 지점에 다다랐다. 그러나 이 "그렇다
면"은 언제까지나 결국 "그렇다면"일 뿐이었다. 하급 관리는 방도
를 가리지 말아야 한다고 스스로 인정하면서도, 그 뒤에 따라올
"도둑이 되는 수밖에 없다"는 사실만큼은 적극적으로 긍정할 만한
용기가 나지 않고 있었다.

하급 관리가 크게 재채기를 하고는, 힘겨운 기색으로 일어섰
다. 저녁 찬 기운이 도는 교토는 벌써 화로가 그리울 만큼 추웠다.
바람은 문 기둥과 기둥 사이를, 저녁 어둠과 함께 거리낌 없이 스
쳐 지나갔다. 붉은 칠 기둥에 붙어 있던 귀뚜라미도 어느새 어디
론가 사라지고 없었다.

하급 관리는 목을 움츠리며, 얇은 노란 홑옷 위에 겹쳐 입은 감
색 도롱이의 어깨를 바짝 올리고 문 둘레를 둘러보았다. 비바람을
피할 수 있고, 사람 눈에 띌 염려도 없고, 하룻밤은 편히 잘 수 있
을 만한 곳이 있다면, 어디든 우선 그곳에서 밤을 새우려 했기 때
문이다. 그러자 마침 문 위의 누각으로 올라가는, 폭이 넓은 붉은
칠의 사다리가 눈에 띄었다. 위라면, 설령 누가 있다 해도 결국은
시체뿐이다. 하급 관리는 그제야 허리에 찬 장검이 덜컥거리며 빠
져나오지 않도록 조심하면서, 짚신을 신은 발을 사다리의 맨 아래

단에 올려놓았다.

　그로부터 몇 분 뒤였다. 라쇼몽 누각 위로 이어지는 넓은 사다리 중단에, 한 사내가 고양이처럼 몸을 웅크리고, 숨을 죽인 채 위쪽의 기색을 엿보고 있었다. 누각 위에서 새어 나오는 빛이 희미하게 그 사내의 오른쪽 뺨을 비쳤다. 짧은 수염 사이에 붉은 고름이 잡힌 큰 여드름이 있는 뺨이었다.

　하급 관리는 처음부터, 이 위에 있는 자는 모두 죽은 자 뿐일 것이라고 단정하고 있었다. 그런데 사다리를 두세 단 올라가 보니, 위에서는 누군가 불을 밝히고, 그 불을 이리저리 옮기고 있는 듯했다. 이는 흐린 누런 불빛이, 거미줄이 엮인 천장 밑에 흔들리며 비친 것을 보고 바로 알 수 있었다. 이런 비 오는 밤에, 라쇼몽의 위에서 불을 밝히고 있다면, 보통 사람이 아님은 분명했다.

　하급 관리는 도마뱀처럼 소리 없이 발을 옮기며, 가파른 사다리를 기어오르듯 간신히 맨 위까지 올라갔다. 그리고 몸을 가능한 한 바닥에 바짝 붙이고, 목만 앞으로 내밀어 조심스레 누각 안을 들여다보았다.

　누각 안에는 소문대로 몇 구의 시신이 아무렇게나 버려져 있었다. 그러나 불빛이 미치는 범위가 생각보다 좁아서, 그 수가 얼마인지는 알 수 없었다. 다만 어렴풋이 알 수 있는 것은, 그 가운데에는 벌거벗은 시신과 옷을 걸친 시신이 뒤섞여 있다는 점이었다. 물론 그 안에는 여자도 남자도 섞여 있는 듯했다. 그리고 그 시신들은 모두, 그것이 한때 살아 있던 인간이라는 사실조차 믿기 어려울 만큼, 흙을 빚어 만든 인형처럼 입을 벌리거나 손을 뻗거나 한 채 바닥에 굴러 있었다. 특히 어깨나 가슴처럼 솟은 부분은 희미한 불빛을 받아, 낮은 부분의 그림자를 더 어둡게 하면서, 영영 벙어리처럼 침묵을 지키고 있었다.

하급 관리는 그 썩어 문드러진 시신들의 악취에 저도 모르게 코를 막았다. 그러나 그 손은 다음 순간에는 이미 코를 막고 있다는 사실마저 잊고 있었다. 그에게서 거의 모든 후각을 앗아가 버릴 만큼, 강렬한 감정이 이 사내를 덮쳤기 때문이다.

하급 관리의 눈은 그때 처음으로, 그 시신들 틈에 웅크리고 있는 사람을 보았다. 히와다색[5]의 옷을 걸친, 키가 작고 마른, 흰머리의 원숭이 같은 노파였다. 그 노파는 오른손에 불붙인 소나무 조각을 들고, 그 시신 가운데 하나의 얼굴을 들여다보듯 바라보고 있었다. 머리카락이 긴 것을 보니 아마 여자 시신일 것이다.

하급 관리는 6할의 두려움과 4할의 호기심에 움직여, 잠시 숨쉬는 것마저 잊고 있었다. 옛 기록의 말을 빌리자면, "온몸의 털이 곤두서는" 듯한 느낌이었다. 그러자 노파는 소나무 조각을 마루 틈에 꽂아 두고, 방금까지 들여다보던 시신의 목을 양손으로 잡더니, 마치 원숭이 어미가 새끼의 이를 잡아주는 것처럼, 그 긴 머리

---

5   갈색에 붉은 기운의 색

카락을 한 올씩 뽑기 시작했다. 머리카락은 손길을 따라 쉽게 빠지는 듯했다.

　머리카락이 한 올씩 뽑힐수록, 하급 관리의 마음에서 두려움은 조금씩 사라져 갔다. 그리고 동시에, 이 노파에 대한 격렬한 증오가 조금씩 일기 시작했다. ——아니, 이 노파만에 대한 것이란 말은 어쩌면 부정확하다. 차라리 모든 악에 대한 반감이, 순간순간 더한 기세로 치밀어 오른 것이다. 이때 누군가가 문 아래에서 그가 고민하던 "굶어 죽을 것인가, 도둑이 될 것인가"를 다시 들이밀었다면, 아마 하급 관리는 아무 미련도 없이 굶어 죽음을 택했을 것이다. 그만큼 이 사내의 악을 미워하는 마음은, 노파가 꽂아 둔 소나무 조각처럼 맹렬히 타오르고 있었다.

　하급 관리는 노파가 왜 시신의 머리카락을 뽑는지 당연히 알지 못했다. 따라서 이 일을 이성적으로 선과 악 어느 쪽으로 단정해야 하는지도 알지 못했다. 그러나 하급 관리에게는, 이 비 오는 밤에, 라쇼몽의 위에서 시신의 머리카락을 뽑는다는 그 사실만으로 이미 용서할 수 없는 악이었다. 물론 그는 조금 전 자신이 도둑이 될 생각을 품고 있었다는 사실은 이미 까맣게 잊고 있었다.

　그래서 하급 관리는 두 다리에 힘을 주고 갑자기 사다리 위로 뛰어올랐다. 그리고 허리에 찬 칼이 빠지지 않도록 손을 얹은 채, 큰 걸음으로 노파 앞으로 다가갔다. 노파가 놀란 것은 말할 것도 없다.

노파는 하급 관리를 보자마자, 마치 쇠뇌에 튕겨 나간 듯한 기세로 뛰어올랐다.

"이놈, 어디로 도망가려 드느냐."

하급 관리는, 시신에 걸려 넘어지며 허둥지둥 도망치려는 노파의 길을 가로막고 이렇게 내질렀다.

"이게 뭐하는 짓이냐. 말해라. 말하지 않으면 이 칼이 가만있지 않을 것이다."

노파는 여전히 하급 관리를 밀쳐 쓰러뜨리고 달아나려 했다. 하급 관리는 그를 놓치지 않으려 다시 노파를 밀어 되돌렸다. 둘은 시신들 사이에서 잠시 말 한마디 없이 엉켜 붙어 싸웠다.

그러나 승패는 처음부터 뻔했다. 하급 관리는 마침내 노파의 팔을 움켜쥐고, 억지로 바닥에 꺾어 눕혔다. 닭의 다리처럼 뼈와 가죽만 붙은 팔이었다. 하급 관리가 노파를 내팽개치듯 밀어내자, 즉시 칼집을 탁 털어 흰 강철빛 칼날을 눈앞에 들이밀었다. 그러나 노파는 말이 없었다. 양손을 파르르 떨며, 거친 숨을 쉬고, 눈꺼풀 밖으로 눈알이 튀어나올 듯 크게 뜬 채, 벙어리처럼 고집스럽게 침묵할 뿐이었다.

이 모습을 보는 순간, 하급 관리는 비로소 이 노파의 생사가 완전히 자신의 뜻에 달려 있음을 분명히 자각했다. 그리고 그 자각은, 조금 전까지 거칠게 타오르던 증오를 어느새 식혀 버렸다. 남은 것은 단지 어떤 일을 해냈을 때 찾아오는 담담한 만족감뿐이었다. 그래서 하급 관리는 노파를 내려다보며, 목소리를 조금 누그러뜨려 말했다.

"나는 검비위사의 관리가 아니다. 조금 전 이 문 아래를 지나가던 나그네일 뿐이다. 그러니 너에게 포승줄을 걸어 죄를 묻겠다는 뜻은 없다. 다만, 이런 시각에 이 문 위에서 무슨 일을 하고 있었는지, 그것만 말해 주면 된다."

그러자 노파는 더 크게 눈을 부릅뜨고 하급 관리의 얼굴을 뚫어지게 바라보았다. 눈가에 붉은 기운이 려 있는, 마치 맹금류 같은 날카로운 시선으로.

그녀는 얼굴의 주름이 거의 코와 한 덩어리가 되어 보일 만큼 일그러진 입술을, 마치 무엇을 씹듯 움직였다. 가느다란 목에서, 뾰족하게 솟은 목젖이 위아래로 흔들리는 것이 보였다. 그리고 마침내, 까마귀가 우는 듯한 거친 목소리가, 헐떡이며 하급 관리의 귀에 흘러왔다.

"이 머리카락을 뽑아… 이 머리털을 뽑아… 가즈라(鬘·かずら)[6]를 만들려 했을 뿐이오…"

하급 관리는, 노파의 대답이 뜻밖에도 평범한 데 실망했다. 그리고 실망과 함께, 다시 이전의 증오가 차가운 경멸과 뒤섞여 마음속으로 스며들어 왔다. 그 기색이 전해졌던 것일까. 노파는 시

---

6   장례·의식 등에 쓰는 머리 장식

신의 머리에서 뜯어낸 긴 머리털을 한 손에 쥔 채, 개구리가 숨비 질하듯 흐릿한 목소리로 더듬거리며 이렇게 말했다.

"그렇지, 죽은 사람의 머리털을 뽑는 것이 아무리 나쁜 짓이라 해도… 여기 있는 죽은 놈들은 모두 그 정도는 당해도 싼 것들이 지요. 방금 내가 머리털을 뽑은 저 여자를 봐. 저 여자는 뱀을 네 치(四寸, 약 12cm) 길이로 토막 내 말린 것을 말린 생선이라고 속여 서, 타치바이(太刀帶)⁷에 팔아넘기던 년이오. 역병에 걸려 죽지 않 았더라면, 지금도 팔러 다니고 있을 것이지. 그뿐 아니라, 저 여자 가 파는 '말린 생선'이 맛이 좋다고 해서, 무사놈들이 반찬거리로 빠짐없이 사먹었다고 하오. 나는 그년이 한 짓이 나쁘다고는 생각 하지 않소. 그렇게라도 하지 않으면 굶어 죽을 테니, 어쩔 수 없이 한 짓일 테지. 그렇다면 지금 내가 한 짓도 나쁘다고는 생각하지 않소. 이 또한 그렇게라도 하지 않으면 굶어 죽을 터이니, 어쩔 수 없는 일이 아니겠소. 그러니 그 사정을 잘 아는 저 여자는, 내가 하는 짓쯤은 너그럽게 봐줄 것이오."

노파가 말한 바는 대강 이와 같은 뜻이었다.

하급 관리는 칼을 칼집에 집어넣고, 그 자루를 왼손으로 누른 채, 싸늘한 표정으로 노파의 말을 듣고 있었다. 물론 오른손은 여 전히, 볼에 돋아난 붉은 고름딱지 난 큰 여드름을 무심코 건드리

---

7   무사들의 진영

며 듣고 있었다. 그러나 이 이야기를 듣는 동안, 하급 관리의 마음 속에는 어떤 새로운 용기가 피어오르고 있었다. 그것은 조금 전 문 아래에서 이 남자에게 부족했던 바로 그 용기였다. 그리고 방금 이 문 위로 올라와 노파를 붙잡을 때 발휘했던 용기와는 전혀 다른 방향으로 움직이려 하는 용기였다. 하급 관리는, 굶어 죽을지 도둑이 될지 더는 망설이지 않았다. 아니, 지금 이 남자의 마음가짐으로 보자면, 굶어 죽는다는 생각은 이미 의식 밖으로 밀려나고 있었다.

"그래, 분명 그렇다…"

노파의 이야기가 끝나자, 하급 관리는 비웃는 듯한 목소리로 다시 한 번 확인하듯 말했다. 그러고는 한 걸음 앞으로 나아가, 오른손을 볼의 여드름에서 떼어내며 노파의 옷깃을 움켜잡고, 씹어 삼킬 듯한 기세로 말했다.

"그렇다면, 내가 너를 벗겨 간다 해도 원망하지 않겠구나. 나 또한 그렇게 하지 않으면 굶어 죽을 몸이니까."

하급 관리는 번개처럼 빠르게 노파의 옷을 벗겨냈다. 그리고 다리에 매달리려는 노파를 거칠게 걷어차, 널브러진 시신 위로 쓰러뜨렸다. 사다리의 입구까지는 겨우 다섯 걸음 남짓. 그는 벗겨든 히와다색 옷을 겨드랑이에 끼고, 순식간에 가파른 사다리를 타고 밤의 어둠 속으로 내려갔다.

잠시 동안 죽은 듯 널브러져 있던 노파는, 곧 시신들 사이에서 벌거벗은 몸을 일으켰다. 노파는 중얼거리는 듯한, 신음 같은 목소리를 내며, 아직 타오르는 불빛을 의지해 사다리 쪽으로 기어갔다. 그러고는 그곳에서 짧은 흰 머리를 아래로 드리운 채, 문 아래를 내려다보았다. 바깥에는 그저, 새까맣게 텅 빈 밤의 깊이만이 펼쳐져 있을 뿐이었다.

하급 관리의 행방은, 누구도 알지 못한다.

미야자와 겐지의 《은하철도의 밤》은 한 소년의 여정을 통해 *삶의 빛과 어둠, 구원과 우정, 그리고 '참된 행복'*이라는 물음을 조용히 던지는 작품이다. 이 이야기는 우주적 풍경과 시적 이미지 속에서, 우리가 서로에게 어떤 존재가 되어야 하는지—그리고 타인의 고통과 희망을 어떻게 바라보아야 하는지—사색하게 만든다. 독자는 이 작품을 상징과 은유, 심리적 흔들림, 종교적·윤리적 질문이라는 여러 층위로 읽을 수 있다. 겐지 특유의 투명한 문장과 몽환적 세계는 어린이의 시선으로 보이지만, 그 아래에는 깊고 어른스러운 고요한 질문이 흐른다. 오늘 이 작품이 여전히 큰 울림을 지니는 이유는, 우리가 잃었다고 믿는 것들—순수함, 연대, 희생, 그리고 사랑—이 어디에서 다시 빛을 얻는지 조심스럽게 일러주기 때문이다. 이제 은하수를 건너는 한밤의 기차에 올라, 당신만의 답을 찾아가 보길 바란다.

은하철도의 밤

銀河鉄道の夜

미야자와 겐지

1. 오후 수업

"그러면 여러분은, 이렇게 강이라고도 하고 젖이 흐른 자국이라고도 불려 온 이 흐릿하고 희게 번진 것이, 정말은 무엇인지 알고 있습니까." 선생은 칠판에 걸어둔 커다란 검은 별자리 그림에서, 위에서 아래로 희미하게 안개처럼 번진 은하대를 가리키며 물었다.

캄파넬라가 손을 들었다. 이어 서너 명이 더 손을 들었다. 조반니도 손을 들려다가, 급히 그만두었다. 저것이 모두 별이라는 이야기를 언젠가 잡지에서 읽은 기억은 확실히 있었으나, 요즘 들어 조반니는 교실에서도 늘 졸렸고, 책을 읽을 틈도 읽을 책도 없어, 무엇이든 제대로 알지 못한다는 느낌이 들었다.

그러나 선생은 벌써 그것을 알아차린 듯했다.

"조반니. 너는 알고 있겠지?"

조반니는 얼른 일어서기는 했으나, 막상 서 보니 똑똑히 대답하지 못했다. 자네리가 앞자리에서 돌아보며 킥 하고 웃었다. 조반니는 우물쭈물하다가 얼굴이 새빨개졌다. 선생이 다시 말했다.

"큰 망원경으로 은하를 잘 들여다보면, 은하는 대체 뭘까?"

역시 별이라고 조반니는 생각했다. 그러나 이번에도 바로 말이 나오지 않았다.

선생은 잠시 난처한 듯하다가 캄파넬라 쪽을 보며 말했다.

"그럼, 캄파넬라."

그러자 아까 그렇게 힘차게 손을 들었던 캄파넬라도 머뭇거리며 일어서더니, 역시 대답을 하지 못했다.

선생은 잠시 의외라는 듯 캄파넬라를 바라보다가, 급히 "자, 됐다." 하고 말하며 스스로 별자리를 가리켰다.

"이 흐릿하고 희게 보이는 은하는 큰 좋은 망원경으로 보면, 전부 아주 작은 별들로 보인다. 조반니, 그렇지 않느냐."

조반니는 얼굴을 새빨갛게 물들이며 고개를 끄덕였다. 그러나 어느 순간 그의 눈가에는 이미 눈물이 가득 고였다. 그래, 나는 알고 있었다. 물론 캄파넬라도 알고 있었다. 그것은 예전에 캄파넬라의 아버지인 박사의 집에서, 캄파넬라와 함께 읽던 잡지 속에 실려 있었던 것이다. 그뿐만 아니라, 그 잡지를 읽자마자 캄파넬라는 곧바로 아버지의 서재에서 커다란 책을 가져와 은하라는 부분을 펼쳤고, 두 사람은 새까만 면을 가득 채운 하얀 점들의 아름다운 사진을 오래도록 들여다보았던 것이었다. 그런데 캄파넬라가 그것을 잊을 리가 없는데도 금세 대답하지 않은 것은, 요즘 내가 아침에도 오후에도 일이 힘들고, 학교에 나와도 모두와 활기차게 놀지 못하며, 캄파넬라와도 말수가 줄어든 탓임을 그는 알고 있었기 때문일 것이다. 그런 생각이 미치자, 도무지 견딜 수 없을 만큼, 나도 캄파넬라도 가엾게 느껴졌다.

선생이 다시 말했다.

"그러니까, 이 은하수를 정말로 강이라고 생각한다면, 저 작은 별 하나하나는 그 강바닥의 모래나 자갈 같은 알갱이에 해당하는 셈입니다. 또 이것을 거대한 젖의 흐름이라고 생각한다면, 은하수라는 이름과 훨씬 잘 맞겠지요. 그러니까 그 별들은 모두 젖 속에 잘게 떠 있는 기름방울 같은 것에 해당합니다. 그렇다면 그 강물에 해당하는 것은 무엇이냐 하면, 그것은 빛을 일정한 속도로 전하는 '진공'이라는 것입니다. 태양이나 지구도 역시 그 속에 떠 있는 셈이지요. 다시 말하면 우리 또한 은하수의 물속에 살고 있는 것입니다. 그리고 그 은하수라는 물속에서 사방을 둘러보면, 물이 깊을수록 푸르게 보이듯, 은하수의 바닥에서 멀고 깊은 곳일수록 별이 많이 모여 보여, 그래서 저렇게 희고 흐릿하게 보이는 것입니다. 이 모형을 보십시오."

선생은 안에 빛나는 모래알이 가득 들어 있는 커다란 양면 볼록렌즈를 가리켰다.

"은하수의 모습은 바로 이런 형태입니다. 이 하나하나 빛나는 알갱이가 모두 우리 태양처럼 스스로 빛을 내는 별이라고 생각하면 됩니다. 우리 태양이 거의 이 가운데쯤에 있고, 지구는 그 바로 근처에 있다고 합시다. 여러분이 밤에 이 한가운데 서서 이 렌즈 속을 둘러본다고 해보세요. 이쪽은 렌즈가 얇으니 빛나는 알갱이, 즉 별이 겨우 몇 개밖에 보이지 않겠지요. 하지만 이쪽이나 저쪽처럼 렌즈가 두꺼운 방향은 빛나는 알갱이, 즉 별이 많이 보이고, 먼 곳에 있는 별들은 희미하게 하얗게 보입니다. 이것이 오늘 이야기한 은하에 대한 설명이지요. 그렇다면 이 렌즈의 크기가 얼마나 되는지, 또 그 안의 여러 별들은 어떤지에 대해서는…… 이제 시간이 되었으니 다음 과학 시간에 이야기하겠습니다. 자, 오늘은 은하의 축제 날이니까 여러분은 밖에 나가서 하늘을 잘 보세요. 오늘 수업은 여기까지입니다. 책과 공책을 덮으세요.”

그러고 나서 교실 안은 잠시 책상 뚜껑을 열고 닫는 소리, 책을 포개는 소리로 가득 찼다. 그러나 곧 모두가 가지런히 일어서서 인사를 하고 교실을 나갔다.

2. 활판소

조반니가 학교 문을 나설 때, 같은 반의 일곱여덟 명 아이들이
집에는 가지 않고 캄파넬라를 가운데 세운 채, 운동장 모퉁이의
벚나무 아래에 모여 있었다. 오늘 밤 별의 축제에 내보낼 파란 등
불을 만들려고, 강에 흘려 보낼 까마귀오이 등불을 구하러 갈 이
야기를 나누는 듯했다.

그러나 조반니는 그들을 보지 않은 듯 크게 손을 흔들며 성큼
성큼 학교 문을 나섰다. 그러자 마을의 집집마다 오늘 밤 은하의
축제를 위해 주목 잎으로 만든 공을 달아 두거나, 노송나무 가지
에 밝은 등을 걸어 두는 등 여러 준비를 하고 있었다.

집에는 돌아가지 않고, 조반니는 마을을 세 번 꺾어 돌았다. 그
리고 어느 큰 활판소 안으로 들어가자마자, 입구의 계산대에 앉아
느슨한 흰 서츠를 걸친 사람에게 인사를 하고, 신을 벗고 올라가
곧장 맞은편의 큰 문을 열었다. 안에서는 아직 낮인데도 전등이

밝혀져 있었고, 많은 윤전기가 철컥철컥 돌아가고 있었으며, 머리에 천을 두르거나 램프셰이드를 쓴 사람들이 노래하듯 무언가를 읽거나 숫자를 세며 바삐 일하고 있었다.

조반니는 입구에서 세 번째에 놓인 높은 탁자에 앉은 사람에게 다가가 인사했다. 그 사람은 잠시 선반을 뒤지더니, "이만큼 주워 갈 수 있겠니?" 하고 말하며 종이쪽 하나를 건넸다.

조반니는 그 사람의 탁자 아래에서 작은 납작한 상자를 하나 꺼내, 전등이 여러 개 달린 벽 모퉁이 쪽으로 가서 쭈그리고 앉았다. 그리고 작은 핀셋으로 기장 알만 한 활자를 하나하나 주워 담기 시작했다.

푸른 앞가리개를 한 사람이 조반니 뒤를 지나며 말했다. "어이, 돋보기 군. 안녕." 그러자 가까운 네댓 사람이 목소리도 내지 않고, 이쪽을 보지도 않은 채 냉랭하게 웃었다.

조반니는 여러 번 눈을 훔치며 활자를 차곡차곡 주워 담았다.

여섯 시가 울린 뒤 한참 지나서야, 조반니는 가득 채운 납작한 상자를 종잇조각과 대조해 보고, 조금 전의 탁자에 다시 가져갔다. 그 사람은 말없이 그것을 받아 들고 아주 미묘하게 고개를 끄덕였다.

조반니는 인사를 하고 문을 열어 계산대 쪽으로 나왔다. 그러자 아까 흰옷을 입고 있던 사람이 역시 말없이 작은 은화를 하나 건넸다. 조반니는 갑자기 얼굴빛이 환해져 씩씩하게 인사한 뒤,

탁자 아래 두었던 가방을 들고 밖으로 뛰어나갔다. 그리고 경쾌하게 휘파람을 불며 빵집에 들러 빵 한 덩이와 각설탕 한 봉지를 사자, 그는 일목요연하게 뛰기 시작했다.

3. 집

조반니가 씩씩하게 돌아온 곳은, 어느 뒷골목의 작은 집이었다. 세 개 나란히 선 현관 중 맨 왼쪽엔 빈 상자에 보라빛 케일과 아스파라거스가 심겨 있었고, 작은 두 개의 창문에는 햇빛 가리개가 내려진 채였다.

"엄마, 지금 왔어. 몸은 괜찮았어?" 조반니는 신을 벗으며 말했다.

"아아, 조반니… 오늘 일 힘들었지. 오늘은 서늘해서 말이야, 나는 하루 종일 몸이 편했어."

조반니가 현관을 올라가자, 어머니는 바로 입구의 방에서 흰 천을 머리에 두른 채 누워 쉬고 있었다. 조반니는 창을 열었다.

"엄마, 오늘 각설탕을 사 왔어. 우유에 넣어 드리려고."

"아아, 너 먼저 먹어. 나는 아직 먹고 싶지 않아."

"엄마, 누나는 언제 왔어?"

“아아, 세 시쯤 들어왔지. 이것저것 도와주고 갔어.”

“엄마, 우유는 아직 오지 않은 걸까?”

“안 왔을까, 그렇겠지…”

“내가 가서 받아올게.”

“아아, 나는 천천히 해도 괜찮아. 너 먼저 먹어. 누나가 토마토로 뭔가를 만들어 두고 갔단다.”

“그럼 나 먼저 먹을게.”

조반니는 창가에서 토마토가 담긴 접시를 가져와 빵과 함께 한동안 우걱우걱 먹었다.

“저기, 엄마… 나는 아버지가 분명 곧 돌아오실 거라고 생각해.”

“아아, 나도 그렇게 생각해. 그런데… 너는 왜 그렇게 생각하니?”

“왜냐하면 오늘 아침 신문에 올해는 북쪽 바다의 고기가 아주 잘 잡힌다고 쓰여 있었어.”

“아아, 그렇지만 말이다… 아버지가 이번에는 그 조업에 나가 계시지 않을지도 모르지.”

“틀림없이 나가 계실 거야. 아버지가 감옥에 들어갈 만큼 나쁜 일을 했을 리가 없어. 전에 아버지가 가져와서 학교에 기증한 그 큰 게 껍질이며 순록의 뿔이며, 지금도 전부 표본실에 있잖아. 여섯 학년은 수업할 때 선생님들이 번갈아 그걸 교실로 가지고 가.

재작년 수학여행 때…"

"아버지는 이번에는 너에게 해달가죽 옷을 가져다주겠다고 하셨지."

"모두 나만 보면 그 얘기를 해. 놀리듯이 말해."

"너에게 나쁜 말을 하니?"

"응. 그래도 캄파넬라는 절대로 그러지 않아. 캄파넬라는 모두가 그런 말을 할 때면, 마치 안쓰러운 사람을 보는 것처럼 있어."

"그 사람은 우리 아버지와도 너희들처럼 아주 어렸을 때부터 친구였다는구나."

"아아, 그래서 아버지가 나를 데리고 캄파넬라네 집에도 데려갔어. 그 시절은 참 좋았지. 나는 학교에서 돌아오는 길마다 자주 캄파넬라네 집에 들렀어. 캄파넬라네 집에는 알코올램프로 달리는 기차가 있었어. 레일을 일곱 개 조합하면 둥글게 이어지고, 전봇대나 신호표도 붙어 있었는데, 그 신호표의 불빛은 기차가 지날 때만 파랗게 변했어. 어느 날 알코올이 떨어졌을 때 석유를 써 봤더니, 보일러가 온통 그을렸어."

"그렇니."

"요즘도 나는 매일 아침 신문을 돌리러 가. 그래도 언제 가 봐도 집 안이 아직 조용하거든."

"이른 아침이라 그렇지."

"'자우에르'라는 개가 있어. 꼬리가 꼭 빗자루 같아. 내가 가면 코를 훌쩍이며 따라와. 마을 모퉁이까지 계속 따라와. 더 멀리 따라올 때도 있어. 오늘 밤에는 모두 함께 까마귀오이 등불을 강에 흘리러 간대. 분명 개도 따라갈 거야."

"그렇지. 오늘 밤은 은하의 축제구나.

"응. 나는 우유를 가지러 가면서 보고 올게."

"아아, 다녀와. 강물에는 들어가지 말고."

"응, 나는 강둑에서 보기만 할게. 한 시간 안에 다녀올게."

"더 놀다 와도 돼. 캄파넬라와 함께라면 걱정 없으니까."

"아아, 분명 함께일 거야. 엄마, 창문 닫아둘까?"

"아아, 부탁하마. 이제 서늘하니까."

조반니는 일어서서 창문을 닫고, 접시와 빵 봉지를 정리한 뒤, 씩씩하게 신을 신었다. "그럼 한 시간 반 안에 돌아올게." 하고 말하며 그는 어두운 현관을 나섰다.

4. 켄타우루스 축제의 밤

조반니는 휘파람을 부는 듯한 쓸쓸한 입매를 띠고, 검게 늘어선 노송나무들 사이의 마을 비탈길을 내려오고 있었다.

비탈 아래에는 큰 가로등 하나가 푸른빛을 머금은 듯 희고 당당하게 빛나며 서 있었다. 조반니가 점점 전등 쪽으로 내려가자, 지금까지 괴물처럼 길게 뒤로 늘어져 있던 그의 그림자는 차츰 짙고 또렷해지더니, 다리를 들고 손을 흔드는 그의 움직임에 따라 옆으로 돌아 나와 함께 걸어오는 듯했다.

(나는 훌륭한 기관차다. 여기는 경사니까 빨리 달리는 거야. 나는 지금 저 전등을 지나간다. 자, 이번엔 내 그림자는 컴퍼스다. 저렇게 빙 돌더니 앞쪽으로 나왔어.)

조반니가 그렇게 생각하며 성큼성큼 가로등 아래를 지나려던 순간, 갑자기 낮의 자네리가 새로 산 뾰족한 칼라의 셔츠를 입고 전등 건너편의 어두운 샛길에서 훌쩍 나타나, 조반니와 스쳐 지나갔다.

"자네리, 까마귀오이 등불 흘리러 가는 거야?" 조반니가 아직 말을 다 끝내기도 전에,

"조반니, 너희 아버지한테서 해달가죽 옷이 온대!" 자네리는 마치 던지듯 뒤에서 고함쳤다.

조반니는 가슴이 확 식어버리며, 주위가 맑게 울리는 것만 같았다.

"무슨 소리야, 자네리!" 조반니가 높이 되받아 외쳤지만, 자네리는 이미 저쪽 노송나무가 심어진 집 안으로 들어가 버렸다.

(자네리는 왜 내가 아무것도 하지 않았는데 그런 말을 할까. 달릴 때는 꼭 쥐처럼 뛰어가면서. 내가 아무 짓도 안 했는데 그런 말을 하는 건 자네리가 바보라서야.)

조반니는 분주하게 여러 가지 생각을 하며, 각종 불빛과 나뭇가지들로 깨끗하게 장식된 거리를 지나갔다.

시계 가게에는 밝은 네온등이 켜져 있었고, 돌로 만든 올빼미의 붉은 눈은 1초마다 딱딱 돌아갔으며, 여러 보석은 바다 같은 색채를 띤 두꺼운 유리판 위에 놓여 별처럼 천천히 윤회하고 있었다. 또 저쪽에서는 놋쇠로 만든 반인반마가 느리게 이쪽으로 돌아오는 중이었다. 그 한가운데에는 둥근 검은 별자리 빨리찾기판이 푸른 아스파라거스 잎으로 장식되어 있었다.

조반니는 정신을 잃을 만큼 그 별자리 그림에 빠져들어 바라

보았다.

그것은 낮에 학교에서 보았던 도표보다 훨씬 작았지만, 그 날과 시간을 맞추어 판을 돌리면, 그때 떠 있는 하늘이 그대로 타원형 속에 떠오르도록 되어 있었다. 그리고 역시 그 한가운데에는 위에서 아래로 희미하게 은하가 안개처럼 번진 띠가 되어 있었고, 그 아래쪽에서는 아주 미약하게 폭발하며 김이라도 올리는 듯하게 보였다. 또 그 뒤편에는 세 개의 다리가 달린 작은 망원경이 누렇게 빛나며 서 있었고, 가장 뒤쪽 벽에는 온 하늘의 별자리를 괴이한 짐승이나 뱀이나 물고기나 병의 형상으로 그린 커다란 그림이 걸려 있었다. 정말로 저런 전갈이나 용사 같은 것들이 하늘에 빼곡히 있는 걸까. 아아, 나는 그 속을 끝없이 걸어가 보고 싶다— 그렇게 생각하며 한동안 멍하니 서 있었다.

그러다 문득 어머니의 우유 생각이 떠올라 조반니는 그 가게를 떠났다. 꽉 끼는 윗옷의 어깨를 신경 쓰면서도, 그는 일부러 가슴을 펴고 손을 크게 흔들며 마을을 지나갔다.

공기는 맑고 투명하여, 마치 물처럼 거리와 가게 안을 흐르는 듯했다. 가로등들은 모두 새파란 전나무와 굴참나무 가지로 감싸여 있었고, 전기회사 앞 여섯 그루의 플라타너스 나무에는 많은 작은 전구가 달려 있어서, 그 주변은 정말 인어들의 도시처럼 보였다. 아이들은 모두 새 주름이 잡힌 옷을 입고, 별돌기 노래를 휘파람으로 불거나, "켄타우루스여, 이슬을 내려라!" 하고 외치며 달리거나, 푸른 마그네슘 불꽃을 터뜨리며 즐겁게 놀고 있었다.

그러나 조반니는 어느새 깊이 고개를 떨군 채, 그 주변의 흥겨움과는 전혀 다른 생각들을 품으며 우유 가게 쪽으로 서둘러 내려갔다.

조반니는 어느새 마을 끝, 여러 그루의 포플러가 높이 별하늘에 떠 있는 곳에 와 있었다. 그는 우유집의 검은 문을 지나, 소 냄새가 은근히 나는 어둑한 부엌 앞에 서서, 모자를 벗고 "안녕하세요." 하고 말했다. 그러나 집 안은 고요하여 아무도 있는 것 같지 않았다.

"안녕하세요, 실례합니다!" 조반니는 곧게 서서 다시 외쳤다. 그러자 잠시 후, 병이 난 듯한 늙은 여자가 더듬더듬 나오더니, 무슨 일인가 하고 중얼거렸다.

"저… 오늘, 우유가 저희한테 오지 않아서, 받아 가려고 왔습니다." 조반니가 있는 힘껏 또렷하게 말했다.

"지금은 아무도 없어서 모르겠네. 내일 다시 와."

여자는 붉은 눈 아래를 문지르며, 조반니를 내려다보며 그렇게 말했다.

"엄마가 아프서서 오늘 밤이 아니면 곤란해요."

"그럼 좀 더 있다가 와." 여자는 이미 돌아가려는 기세였다.

"그럴까요? 고맙습니다." 조반니는 고개를 숙여 인사하고 부엌에서 나왔다.

네 갈래로 갈라진 마을 모퉁이를 돌려 했을 때였다. 건너편, 다리로 향하는 길목의 잡화점 앞에서, 검은 그림자와 희끗한 셔츠가 어지럽게 섞여 들고, 여섯 일곱 명의 아이들이 휘파람을 불고 웃으면서, 저마다 까마귀오이 등불을 들고 걸어오는 모습이 보였다. 그 웃음소리도, 휘파람 소리도 모두 귀에 익은 것이었다. 조반니와 같은 반 아이들이었다. 조반니는 저도 모르게 움찔하며 물러나려 했지만, 마음을 고쳐먹고 오히려 더 힘차게 그쪽으로 걸어갔다.

"강으로 가는 거야?" 조반니가 말하려던 순간, 목이 살짝 막히는 듯 느껴졌을 때, "조반니, 너희 집에 해달가죽 옷이 온대!"아까의 자네리가 또 소리쳤다.

"조반니, 해달가죽 옷이 온대!" 금세 모두가 뒤이어 외쳐댔다.

조반니는 얼굴이 새빨개졌고, 지금 걷고 있는지도 모를 만큼 정신이 흐려졌다. 서둘러 그 무리를 지나치려 하자, 그 속에 캄파넬라가 있었다. 캄파넬라는 안쓰러운 듯, 살짝 웃으며, 조반니가 화내지 않을까 걱정하는 듯한 눈으로 조반니를 바라보고 있었다.

조반니는 도망치듯 그의 시선을 피했다. 그리고 캄파넬라의 키 큰 모습이 지나간 지 얼마 되지 않아, 아이들은 일제히 휘파람을 불기 시작했다. 조반니가 모퉁이를 돌아서며 되돌아보자, 자네리가 역시 뒤돌아보고 있었다. 그리고 캄파넬라 또한 높게 휘파람을 불며, 저 멀리 아렴히 보이는 다리 쪽으로 걸어가 버렸다. 조반니는 이루 말할 수 없이 쓸쓸해졌다. 그리고 갑자기 뛰기 시작했다. 귀에 손을 대고 "와아!" 하고 외치며 외다리로 껑충껑충 뛰고 있던 작은 아이들은, 조반니가 장난삼아 함께 뛰는 줄 알고 "와아!" 하고 소리쳤다. 조반니는 곧 검은 언덕 쪽으로 급히 달려갔다.

5. 천륜의 기둥

목장의 뒤편은 완만한 언덕이 되어 있었고, 그 검고 평평한 마루턱은 북쪽의 큰곰자리 아래에, 평소보다 낮게 희미하게 이어져 보였다. 조반니는 이미 이슬이 내려앉은 작은 숲길을 점점 더 올라가고 있었다. 새까만 풀과, 여러 모양으로 보이는 덤불의 숲 사이에서 그 가느다란 길 한 줄기만이 별빛에 희게 비쳐 있었다. 풀속에는 파랗게 반짝거리는 작은 벌레들도 있었고, 어떤 잎은 푸르게 비쳐 나와, 조반니는 그것이 아까 아이들이 들고 간 까마귀오이 등불 같다고도 생각했다.

그 새까만 소나무와 굴참나무 숲을 넘어가자, 갑자기 하늘이 훤히 트여, 은하수가 남쪽에서 북쪽으로 창백하게 뻗어 있는 것이 보였다. 또한 산마루 위의 천기륜의 기둥도 분간할 수 있었다. 방울초인지 들국화인지 모를 꽃들이 주변 가득, 마치 꿈속에서 향기를 흘려낸 듯 피어 있었고, 새 한 마리가 언덕 위를 울며 지나갔다.

조반니는 산마루의 천기류 기둥 아래까지 와서, 쿵쾅거리는 몸을 차가운 풀밭에 털썩 던졌다.

도시의 불빛은 어둠 속에서 마치 바닷속 궁전의 풍경처럼 어른거렸고, 아이들이 부르는 노랫소리나 휘파람, 끊어져 들리는 외침도 희미하게 들려왔다. 멀리서 바람이 울고, 언덕의 풀도 조용히 흔들렸으며, 조반니의 땀에 젖은 셔츠는 차갑게 식었다. 조반니는 마을 가장자리 너머 멀리까지 검게 펼쳐진 들판을 바라보았다.

그곳에서 기차 소리가 들려왔다. 작은 열차의 창들은 한 줄로 작고 붉게 보였고, 그 안에서는 많은 여행객이 사과 껍질을 벗기기도 하고, 웃기도 하고, 여러 가지 모습으로 지내고 있으리라 생각하자, 조반니는 이루 말할 수 없을 만큼 쓸쓸해졌고, 다시 눈을 하늘로 올려보았다.

아아, 저 하얀 하늘의 띠가 모두 별이라니.

그러나 아무리 바라보아도, 그 하늘이 낮에 선생님이 말한 것처럼 텅 빈 차갑고 막막한 곳으로는 느껴지지 않았다. 도리어 보면 볼수록, 그곳은 작은 숲이나 목장, 혹은 들판이 있는 세상처럼밖에는 생각되지 않았다.

그리고 조반니는 푸른 거문고별이 셋으로도 넷으로도 나뉘어 깜박이며, 다리가 몇 번이고 나타났다 사라졌다 하더니, 마침내

버섯처럼 길게 늘어나는 것을 보았다. 또 바로 눈 아래의 마을마저, 역시 희미하게 많은 별들의 모임이거나, 하나의 거대한 연기처럼 보이는 듯했다.

6. 은하 스테이션

조반니는 바로 뒤에 있던 천기륜의 기둥이 어느새 희미한 삼각 표지의 형태가 되어, 한동안 반딧불처럼 번쩍였다 사라졌다 하며 빛나는 것을 보았다. 그것은 점점 또렷해지더니, 마침내 꼼짝도 하지 않는 모습으로 진한 강철빛 하늘의 들판 위에 서 있었다. 막 갓 달구어낸 듯한 파란 강철판 같은 하늘의 들판 위에, 곧고 단단하게 서 있었던 것이다.

그러자 어딘가에서 기이한 목소리가 들려왔다.

"은하 스테이션, 은하 스테이션."

그 소리가 들리는가 싶더니, 갑자기 눈앞이 확 밝아졌다. 마치 억만의 반딧불오징어의 불빛을 한순간에 화석처럼 굳혀 하늘 속에 침잠시킨 듯한 모습, 또는 다이아몬드 회사에서 값이 떨어지지 않도록 일부러 채굴하지 않고 숨겨두었던 금강석을 누군가 갑자기 뒤엎어 사방에 흩뿌린 듯한 모습으로, 눈앞이 삽시에 밝아졌다. 조반니는 저도 모르게 몇 번이고 눈을 비볐다.

정신을 차리고 보니, 아까부터 덜컹덜컹 소리를 내며 조반니가 타고 있는 작은 열차가 계속 달리고 있었던 것이다. 정말로 조반니는 밤의 경편철도, 작은 노란 전등이 줄지어 켜진 객차 안에서, 창밖을 바라보며 앉아 있었다. 객차 안은 푸른 비로드를 씌운 좌석들이 거의 텅 비어 있었고, 맞은편 잿빛 니스 칠이 된 벽에는 황동 단추 두 개가 번쩍이고 있었다.

바로 앞자리에는 젖은 듯 새까만 윗옷을 입은 키 큰 아이가 창밖으로 머리를 내밀고 밖을 바라보는 모습이 눈에 들어왔다. 그리고 그 아이의 어깨 부근이 어딘가 익숙하게 느껴졌고, 그렇게 생각하자 도무지 누구인지 알고 싶어 견딜 수가 없었다. 조반니가 갑자기 자기 쪽도 창밖으로 얼굴을 내밀려 할 때, 그 아이가 머리를 홱 안으로 거두고 이쪽을 바라보았다.

그 아이는 캄파넬라였다.

조반니가 '캄파넬라, 너는 처음부터 여기 있었어?' 하고 말하려던 순간, 캄파넬라가 먼저 말했다.

"다들 열심히 뛰었지만 결국 늦어졌어. 자네리도 많이 뛰었는데도 따라오지 못했어."

조반니는 (그래, 우리는 지금, 함께 서로를 불러서 나온 것이었지) 하고 생각하면서, "어디서 기다리고 있을까?" 하고 말했다. 그러자 캄파넬라가 말했다.

"자네리는 벌써 돌아갔어. 아버지가 데리러 왔거든."

캄파넬라는 왜인지 그렇게 말하면서, 얼굴빛이 조금 창백해지고, 어디가 아픈 듯한 표정을 하고 있었다. 그 순간 조반니도 어딘가에 무엇인가를 두고 온 듯한, 설명하기 어려운 기묘한 기분이 들어 말이 없었다.

그런데 캄파넬라는 창밖을 내다보며, 어느새 완전히 기운을 되찾은 듯한 목소리로 힘차게 말했다.

"아, 큰일 났다. 나 물통을 잊어버렸어. 스케치북도 두고 왔어. 하지만 상관없어. 이제 곧 백조 정거장이니까. 나는 백조를 보는 게 정말 좋아. 강 멀리서 날아가는 것도, 난 반드시 볼 수 있어."

그리고 캄파넬라는 둥근 판처럼 생긴 지도를 쉬지 않고 빙글빙글 돌려가며 들여다보고 있었다. 정말 그 지도 속에는, 희게 그려진 은하수의 왼쪽 물가를 따라 한 줄기 철로가 남쪽으로 남쪽으로 뻗어 내려가고 있었다. 그리고 그 지도의 훌륭한 점은, 밤처럼 새까만 바탕 위에 하나하나의 정거장과 삼각 표지, 샘과 숲이 푸른빛·주황빛·초록빛 등 아름다운 색으로 촘촘히 박혀 있었다는 것이었다. 조반니는 어딘가에서 이 지도를 본 적이 있는 듯한 기분이 들었다.

"이 지도 어디서 산 거야? 흑요석으로 되어 있네." 조반니가 말했다.

"은하 스테이션에서 받았어. 너는 안 받았니?"

"아아, 나는 은하 스테이션을 지나갔던 걸까. 지금 우리가 있는 곳… 여기인가?"

조반니는 '백조'라고 적힌 정거장의 표시 바로 북쪽을 가리켰다.

"그래. 어라, 저 강둑은 달빛인가?"

그쪽을 바라보자, 은빛 하늘빛을 머금은 은하수의 물가에, 은빛의 하늘 억새가 이미 온 들판 가득히 바람에 사르르 사르르 흔들리며 출렁이는 파도를 이루고 있었다.

"달빛이 아니야. 은하수니까 빛나는 거야." 조반니는 그렇게 말하며, 마치 튀어오를 듯 즐거워져 발끝으로 톡톡 소리를 내며, 창밖으로 얼굴을 내밀고, 높게 높게 별돌기 휘파람을 불며 있는 힘껏 몸을 뻗어 그 은하수의 물을 제대로 보려고 하였다. 그러나 처음에는 그것이 영 분명하게 보이지 않았다.

하지만 점점 주의를 기울여 바라보자, 그 맑디맑은 물은 유리보다도, 수소보다도 더욱 투명하여, 때때로 눈의 착각인지 자잘한 보랏빛 물결이 어른거리기도 하고, 무지개처럼 번쩍 빛나기도 하면서, 아무 소리 없이 쉼 없이 흘러가고 있었다. 들판에는 이쪽저쪽으로 인광(燐光)의 삼각 표지가 아름답게 서 있었다. 먼 것은 작고, 가까운 것은 크게 보였고, 먼 것은 주황과 노란빛으로 선명했으며, 가까운 것은 희푸른빛으로 조금 흐려 보였다. 그리고 그것들은 삼각형, 사각형, 번개의 모양, 사슬의 모양 등 다양한 형상을 이루며 들판 가득 빛나고 있었다.

조반니는 마치 가슴이 쿵쿵 뛰어, 머리를 어지럽게 흔들었다. 그 순간 정말로, 그 아름다운 들판에 늘어서 있던 파란빛·주황빛·여러 가지로 빛나는 삼각 표지들이, 제각기 숨을 쉬는 듯이 번쩍이며 흔들리고 떨리는 것이었다.

"나는 이제 정말 하늘의 들판에 온 거야." 조반니는 이렇게 말했다.

"그런데 이 기차, 석탄을 태우지 않네." 조반니는 왼손을 내밀고 창밖 앞쪽을 바라보며 말했다.

"알코올이나 전기로 달리는 거겠지." 캄파넬라가 말했다.

덜커덜커, 덜커덜커── 그 작은 아름다운 기차는, 하늘 억새가 바람에 뒤흔들리는 그 속을, 은하수의 물빛과 삼각 표지의 희푸른 미광 속을, 끝없이 끝없이 달려가고 있었다.

"아아, 용담꽃이 피어 있네. 벌써 완전히 가을이야." 캄파넬라가 창밖을 가리키며 말했다.

선로의 가장자리에 난 짧은 잔디 사이로는, 마치 월장석으로라도 새겨 넣은 듯한, 눈부신 보랏빛 용담꽃이 피어 있었다.

"나, 뛰어내려서 그걸 따 올까? 그리고 다시 뛰어올라 타는 걸 보여줄까?" 조반니는 가슴이 설레며 말했다.

"이제 안 돼. 너무 뒤로 지나가 버렸잖아." 캄파넬라가 그렇게 말하자마자, 벌써 다음 용담꽃이 한껏 빛나며 스쳐 지나갔다.

그리고 곧이어, 또 그 다음 것들, 또 그 다음 것들—— 노란 바
닥을 가진 수많은 용담 꽃의 잔들이 솟아오르듯, 비처럼, 눈앞을
흘러가고, 삼각 표지들의 줄은 연기처럼, 불길처럼 한층 더 밝게
타오르며 서 있었다.

7. 북십자와 플리오신 해안

"엄마는 나를 용서해 주실까." 갑자기 캄파넬라가 결심한 듯, 약간 더듬이며 급하게 말했다.

조반니는 '아아, 그렇지. 우리 엄마는 저 멀리, 작은 먼지처럼 보이는 저 주황빛 삼각 표지 근처에 계시며 지금 나를 생각하고 계셨지'라고 생각하며 멍하니 말없이 있었다.

"나는 엄마가 정말로 행복해지신다면 어떤 일이든 할 거야. 그렇지만… 도대체 무엇이 엄마에게 가장 큰 행복일까." 캄파넬라는 마치 울음을 필사적으로 참는 듯 보였다.

"네 엄마는 아무 나쁜 일도 없잖아." 조반니는 놀라 외쳤다.

"나는 모르겠어. 하지만 누구라도 정말 좋은 일을 하면 그게 가장 큰 행복이지. 그러니까… 엄마는 나를 용서해 주실 거라고 생각해." 캄파넬라는 무엇인가 진심으로 결심한 사람처럼 보였다.

그때 갑자기 객차 안이 확 밝아졌다. 보니, 정말로 금강석과 풀 잎의 이슬, 온갖 찬란한 것들을 모아놓은 듯한 눈부신 은하의 강 바닥 위로, 물이 소리도 모양도 없이 흐르고 있었다. 그 흐름의 한 가운데에는, 아련히 푸른빛의 후광이 비친 하나의 섬이 보였다. 그 섬의 평평한 꼭대기에는, 눈을 깨우는 듯한 하얀 십자가가 서 있었고, 그것은 마치 얼어붙은 북극의 구름으로 주조한 것처럼, 선명한 금빛 원광을 이고, 고요히 영원히 서 있었다.

"할렐루야, 할렐루야." 앞에서도 뒤에서도 소리가 울려왔다.

돌아보니, 객차 안의 여행자들은 모두 옷의 주름을 곧게 늘어 뜨리고, 검은 바이블을 가슴에 얹거나, 수정 묵주를 걸고, 모두가 경건하게 손을 모아 그 방향으로 기도하고 있었다.

조반니와 캄파넬라 역시 저절로 똑바로 일어서게 되었다. 캄 파넬라의 뺨은 마치 잘 익은 사과처럼 아름답게 붉게 빛났다. 그 리고 섬과 십자가는 점점 뒤로 물러가고 있었다.

맞은편 물가도 푸르스름하게 아득히 빛나며 안개처럼 보였고, 때때로 억새풀이 바람에 스치는 것처럼 사르르 은빛이 흔들려 누 군가 숨을 불어넣은 듯 보였다. 또 많은 용담꽃이 풀 사이를 드나 들며 반짝이는 모습은 부드러운 여우불 같은 느낌이었다.

그것도 정말로 잠깐 동안만, 강과 기차 사이에는 억새의 줄이 가로막혔고, 백조의 섬은 두어 번 뒤쪽으로 보였다가, 곧 멀리 아 주 작게, 그림처럼 되어버리더니, 다시 억새가 바람에 사르르 흔들려, 마침내 완전히 보이지 않게 되었다. 조반니의 뒤에는 언제부터 타고 있었는지, 키가 크고 검은 망토를 두른 가톨릭풍의 수녀가, 둥근 초록빛 눈동자를 똑바로 아래로 드리워, 아직도 무슨 말이나 소리가 그쪽에서 들려오는지를 공손히 들으려는 듯한 모습으로 있었다. 여행자들은 조용히 자리로 돌아갔고, 두 사람도 가슴 가득 슬픔을 닮은 새로운 감정을, 무심한 듯 서로 다른 말로 살짝 나누었다.

"이제 곧 백조 정거장이네."

"응, 열한 시에 딱 도착해."

바로 그때 신호기의 초록빛 등이 창밖을 스쳐 지나갔고, 희미하게 하얀 기둥도 잠깐 보였다. 이어 유황 불꽃처럼 어둡고 흐릿한 전철기 앞의 등이 창 아래를 지나갔다. 기차는 점점 속도를 늦추었고, 곧 플랫폼에 늘어선 전등들이 고르게 아름답게 드러나기 시작했다. 그것들은 점점 커지고 펼쳐지더니, 두 사람은 마침내 백조 정거장의 큰 시계 앞에서 멈춰 섰다.

상쾌한 가을밤의 시계판에는, 푸르게 달군 강철 같은 두 개의 바늘이 또렷하게 열한 시를 가리키고 있었다. 사람들은 한꺼번에 내려 객차는 텅 비어버렸다.

시계 아래에는 「20분 정차」라고 적혀 있었다.

"우리도 내려가 볼까?" 조반니가 말했다.

"내리자."

두 사람은 동시에 벌떡 일어나 문을 뛰쳐나가 개찰구로 달려 갔다. 그러나 개찰구에는 보랏빛이 도는 전등 하나만 켜져 있을 뿐, 아무도 없었다. 주위를 둘러보아도 역장이나 짐꾼 같은 사람 의 그림자조차 보이지 않았다.

두 사람은 정거장 앞의, 수정 공예품처럼 보이는 은행나무에 둘러싸인 작은 광장으로 나왔다. 거기서 넓은 길 하나가 곧장 은 하의 푸른빛 속으로 뻗어 있었다.

먼저 내린 사람들은 이미 어디론가 사라져 아무도 보이지 않 았다. 두 사람이 그 하얀 길을 나란히 걸어가자, 두 사람의 그림자 는 마치 네 방향에 창이 있는 방 안의 두 기둥의 그림자처럼, 혹은 두 개의 바퀴살처럼, 여러 가닥으로 사방으로 뻗어 나갔다. 그리 고 곧, 그 기차에서 내려다보던 아름다운 강가에 이르렀다.

캄파넬라는 그 맑은 모래를 한 움큼 쥐어 손바닥에 펼쳐 보이 며, 손가락으로 바스락바스락 굴리며 꿈결처럼 말했다.

"이 모래는 전부 수정이야. 속에서 작은 불이 타고 있어."

"그래." 도대체 어디서 내가 이런 걸 배웠을까 하고 생각하며, 조반니도 멍하니 대답하였다.

강가의 자갈은 모두 투명했고, 그것은 분명 수정이나 황옥이 나, 또 잔주름처럼 접힌 무늬가 드러난 것들이며, 또 모서리에서 안개 같은 푸른빛을 내뿜는 강옥 같은 것이었다. 조반니는 달려가 그 물가에 이르러, 물에 손을 담갔다. 그러나 기묘한 그 은하수의 물은 수소보다도 더 투명하였다. 그럼에도 그것이 실제로 흐르고 있다는 사실은, 두 사람의 손목이 물에 잠긴 부분이 약간 수은빛으로 떠오른 듯 보였고, 손목에 부딪혀 생긴 물결이 아름다운 인광(燐光)을 토하며 깜박이는 듯 보였던 것으로도 알 수 있었다.

강 위쪽을 바라보니, 억새가 가득 돋아난 절벽 아래에 흰 바위가 마치 운동장처럼 평평하게 강을 따라 튀어나와 있었다. 그곳에는 어린아이 다섯 여섯의 사람 그림자가 무엇인가를 파내거나 묻는 듯이, 서기도 하고 쭈그리기도 하고, 때때로 어떤 도구가 번쩍빛나기도 하였다.

"가 보자." 두 사람은 거의 동시에 외치듯 말하고 그쪽으로 달려갔다. 그 흰 바위 지대로 들어가는 입구에는 〔프리오신 해안〕이라고 적힌 매끄러운 도자기 표지판이 서 있었고, 맞은편 물가에는 드문드문 가느다란 쇠 난간이 세워져 있었으며, 나무로 만든 단정한 벤치들도 놓여 있었다.

"어라, 이상한 게 있어." 캄파넬라가 놀란 듯 멈춰 서서, 바위 속에서 나온 것처럼 보이는, 검고 길쭉하며 끝이 뾰족한 호두 모양의 것을 주워 들었다.

"호두 열매야. 봐, 이렇게 많이 있어. 떠내려온 게 아니야. 바위 속에 들어 있는 거야."

"크다, 이 호두. 두 배는 되네. 이건 조금도 상하지 않았어."

"저쪽에 빨리 가 보자. 분명 뭔가를 파고 있을 거야."

두 사람은 톱니 같은 검은 호두 모양 돌을 손에 든 채 다시 그쪽으로 가까이 갔다. 왼편 물가에서는 파도가 부드러운 번개처럼 일며 밀려왔고, 오른편 절벽에는 온통 은빛이나 조개껍데기처럼 만든 듯한 억새 이삭이 흔들리고 있었다.

점점 가까이 다가가자, 키가 크고, 심한 근시안경을 쓰고, 장화를 신은 학자 같은 사람이, 손바닥만 한 수첩에 무엇인가를 바삐 적으면서, 곡괭이를 휘두르거나 스코프를 사용하고 있는 세 명의 조수에게 정신없이 여러 가지 지시를 하고 있었다.

"거기, 그 돌출부를 부수지 않게. 스코프를 쓰게. 스코프를. 그렇지, 좀 더 멀리서 파야지. 안 돼, 안 돼. 왜 그렇게 난폭하게 굴지?"

보니, 그 흰 부드러운 바위 속에서 커다란 커다란 푸른빛 짐승의 뼈가 옆으로 쓰러져 으스러진 듯한 모습으로, 절반 이상 파내어져 있었다. 그리고 자세히 보니, 그 주변에는 두 갈래 발굽의 발자국이 찍힌 바위가, 반듯하게 열 장 남짓 잘려 나와 번호가 붙어 있었다.

"너희들은 참관하러 온 건가." 그 대학자 같은 사람이 안경을 반짝이며 이쪽을 보며 말했다.

"호두가 많이 있었지? 그것은 대략 백이십만 년 전의 호두야. 아주 최근의 것이지. 여기는 백이십만 년 전, 제3기 말경에는 해안이었어. 이 아래에서는 조개껍데기도 나온다. 지금 강이 흐르는 곳에, 옛날에는 소금물이 드나들곤 했지.

이 짐승 말인데, 이것은 보스라고 해서…” 그가 말하는 사이에도 뒤쪽 조수는 계속 곡괭이를 들었다.

“이봐, 거기 곡괭이는 그만두게. 정교하게 끌(鑿)로 하게. 보스라고 해서 말이야, 지금의 소의 조상으로, 옛날에는 많이 살았지.”

“표본으로 만드는 건가요?”

“아니, 증명하는 데 필요하네. 우리 시각으로 보면, 여기는 두껍고 훌륭한 지층이고, 백이십만 년 전에 형성되었다는 증거도 여러 가지 나오지만, 우리와 다른 종족의 눈으로 보아도 역시 이런 지층으로 보일지, 아니면 바람이나 물이나 텅 빈 하늘로 보이지 않을지── 그걸 알아보는 거야. 알겠나? 하지만, 이봐 이봐, 거기도 스코프를 쓰면 안 되지. 그 바로 아래에 갈비뼈가 묻혀 있을 텐데.”

대학자는 허둥지둥 그쪽으로 달려갔다.

“이제 시간이야. 가자.” 캄파넬라는 지도와 손목시계를 견주어 보며 말했다.

“아아, 그럼 저희는 실례하겠습니다.” 조반니는 공손하게 대학자에게 인사하였다.

“그렇습니까. 그래, 안녕히.” 대학자는 또 바쁘게 여기저기 걸어다니며 감독을 시작하였다.

두 사람은 그 흰 바위 위를, 기차에 뒤처지지 않으려고 있는 힘

껏 달렸다. 그리고 정말로, 바람처럼 달릴 수 있었다. 숨도 차지
않았고, 무릎도 뜨거워지지 않았다.

이렇게 달릴 수 있다면, 이제 세계 어디든 달려갈 수 있겠구
나.조반니는 그렇게 생각했다.

그리고 두 사람은 앞서 지나온 그 강가를 지나고, 개찰구의 전
등은 점점 크게 보였으며, 머지않아 두 사람은 다시 본래의 객차
자리로 돌아와 앉아, 방금 다녀온 곳을 창문 밖으로 바라보고 있
었다.

8. 새를 잡는 사람

“여기 앉아도 되겠습니까.” 거칠지만 어딘가 친절해 보이는 어른의 목소리가 두 사람의 뒤쪽에서 들렸다.

그것은 갈색의 조금 해진 외투를 걸치고, 흰 천으로 감싼 짐을 둘로 나누어 어깨에 멘, 붉은 수염의 허리를 굽힌 사내였다.

“예, 괜찮아요.” 조반니는 조금 어깨를 움츠리며 인사하였다. 그 사내는 수염 속에서 희미하게 웃으며 짐을 천천히 선반 위에 올렸다.

조반니는 왠지 몹시 쓸쓸하고 서러운 기분이 들어 말없이 정면의 시계를 바라보았다. 그때 멀리 앞쪽에서, 유리 피리 같은 소리가 울렸다. 기차는 이미 조용히 움직이기 시작한 것이었다.

캄파넬라는 객차의 천장을 이곳저곳 바라보고 있었다. 등불 중 하나에 검은 갑충(甲虫) 하나가 붙어 있었고, 그 그림자가 크게 천장에 비쳐 있었다. 붉은 수염의 사내는 무엇인가 그리운 듯이 웃으며, 조반니와 캄파넬라의 모습을 바라보고 있었다.

기차는 점점 더 빨라졌고, 억새와 강물이 번갈아 창밖으로 빛났다. 붉은 수염의 사내가 조금 머뭇거리며 두 사람에게 물었다.

"당신들은 어디까지 가십니까?"

"끝까지 가요." 조반니는 약간 쑥스러운 듯 대답했다.

"그거 좋지. 이 기차는 사실 끝까지 어디로든 가잖아."

"당신은 어디 가세요?" 캄파넬라는 갑자기 다투듯 묻자, 조반니는 순간 웃음을 터뜨렸다. 그러자 맞은편 좌석에 앉아 뾰족한 모자를 쓰고 허리에 큰 열쇠를 찬 사람도 힐끗 이쪽을 보고 웃었고, 캄파넬라도 얼굴을 붉히며 웃고 말았다.

그런데도 그 사내는 조금도 화내지 않고, 뺨을 실룩이며 대답했다.

"나는 바로 저 앞에서 내려. 나는 새를 잡는 장사를 하지."

"어떤 새요?"

"학이랑 기러기. 왜가리도, 백조도 잡지."

"학은 많이 있어요?"

"그럼 많지. 아까부터 울고 있었잖아. 못 들었나?"

"못 들었어요."

"지금도 들리지 않나. 귀 기울여 들어보게."

두 사람은 고개를 들고 귀를 기울였다. 덜컹덜컹 울리는 기차의 진동과 억새 사이로, 물 오르는 듯한 코롱코롱 소리가 들려왔다.

"학은, 어떻게 잡는 거예요."

"학 말인가, 아니면 왜가리 말인가."

"왜가리요." 조반니는 어느 쪽이든 상관없다고 생각하며 대답
하였다.

"그건 말이지, 아무것도 어려울 것 없어. 왜가리라는 것은 모
두 은하수 모래가 굳어서 희미하게 생겨나는 놈들이라네. 그래서
늘 강으로 돌아오지. 그러니까 강가에서 기다리고 있다가, 왜가리
들이 다리 모양을 이렇게 하고 내려오는 그 순간——그 발이 땅에
닿기나 말기나 할 때, 딱 눌러버리면 되는 걸세. 그러면 왜가리는
그대로 굳어 안심하고 죽어버려. 그 다음은, 뻔한 일이지. 그냥 압
화로 만들기만 하면 돼."

"왜가리를 압화로 만드는 거예요? 표본인가요."

"표본이 아니지. 다들 먹지 않나."

"이상하네." 캄파넬라가 고개를 갸웃거렸다.

"이상할 것도 의심할 것도 없지. 자." 그 사내는 벌떡 일어서더
니, 선반에서 보퉁이를 내려 손놀림 빠르게 풀었다.

"자, 보게. 방금 잡아온 거네."

"정말 왜가리네!" 두 사람은 저도 모르게 외쳤다.

눈부시게 하얀, 방금 본 북쪽의 십자가처럼 빛나는 왜가리의
몸이 열 마리쯤, 약간 납작하게 되어 검은 다리를 오그리며 부조

처럼 늘어서 있었다.

"눈을 감고 있네." 캄파넬라는 손가락으로 조심스럽게, 왜가리의 초승달 같은 하얀 감긴 눈을 살며시 만졌다. 머리 위의 창처럼 뾰족한 흰 깃도 그대로 붙어 있었다.

"봐, 그렇지 않나." 새잡이는 보자기를 겹쳐 다시 돌돌 말고 끈으로 묶었다.

누가 이 근처에서 왜가리를 먹을까 하고 생각하며, 조반니는 물었다.

"왜가리는 맛있어요."

"그럼, 매일 주문이 있지. 하지만 기러기가 더 잘 팔려. 기러기 쪽이 훨씬 질도 좋고, 무엇보다 손이 덜 가지. 자."

새잡이는 이번에는 다른 보퉁이를 풀었다. 그러자 노란빛과 푸른빛이 뒤섞여, 무언가의 등불처럼 반짝이는 기러기들이 방금의 왜가리처럼 부리를 가지런히 하고 약간 납작하게 되어 늘어서 있었다.

"이쪽은 바로 먹을 수 있어. 자, 조금 드셔 보게." 새잡이는 노란 기러기의 다리를 가볍게 잡아당겼다. 그러자 그것은 마치 초콜릿으로 만든 것처럼, 아주 깨끗하게 떼어졌다.

"어때, 조금 먹어보게." 새잡이는 그것을 둘로 떼어 나누어 주었다.

조반니는 조금 먹어보고, (뭐야, 역시 이건 과자잖아. 초콜릿보다 훨씬 맛있긴 하지만, 이런 기러기가 날아다닐 리가 없지. 이 사람은 근처 들판의 과자장수다. 그런데도 나는 이 사람을 속으로 업신여기면서 이 사람의 과자를 먹고 있으니, 정말 미안한 일이다) 하고 생각하며, 그래도 포근포근 그것을 먹고 있었다.

"좀 더 드시게." 새잡이는 또 다른 보퉁이를 꺼냈다.

조반니는 더 먹고 싶었지만, "아아, 고마워요." 하고 사양하였다.

그러자 새잡이는 이번에는 맞은편 자리의, 큰 열쇠를 가진 사람에게 그것을 내밀었다.

"아니오, 장사하는 걸 받아 먹을 수는 없지요." 그 사람은 모자를 벗었다.

"아니에요, 괜찮습니다. 그런데, 올해 철새 풍경은 어떻습니까."

"아, 대단한걸요. 그저께 두 번째 교대쯤에는 말이죠, 왜 등대 불빛을 규칙적으로 하지 않느냐고, 이쪽저쪽에서 고장 났다고 전화가 왔습니다. 하지만 뭐, 우리 쪽에서 하는 게 아니라, 철새 때들이 새까맣게 뭉쳐서 불빛 앞을 지나가는 바람에 어쩔 수 없는 거지요. 그래서 내가 그랬죠. '이봐, 그런 불평은 내게 가져봐야 소용없네. 바사바사한 망토를 걸치고 다리와 입이 터무니없이 가느다란 대장한테 가서 말하게나.' 하고요. 하하."

억새가 사라진 탓에, 맞은편 들판에서 환한 빛이 훤히 비쳐 왔다.

“왜가리는 왜 손이 많이 가요?” 캄파넬라는 아까부터 묻고 싶었던 것을 물었다.

“그건 말이야, 왜가리를 먹으려면——” 새잡이는 이쪽으로 몸을 돌려 말했다. “은하수의 물빛에 열흘 동안 걸어두거나, 그렇지 않으면 모래에 사흘이나 나흘 묻어두어야 해. 그러면 수은이 전부 날아가서 먹을 수 있게 되지.”

“얘는 새가 아니야. 그냥 과자잖아요.” 역시 같은 생각을 하고 있었던 듯, 캄파넬라가 결심한 듯한 목소리로 물었다.

새잡이는 무척 당황한 기색으로, “그래 그래, 나는 여기서 내려야지.” 하고 말하며 일어나 짐을 챙기더니, 어느새 보이지 않게 되어 있었다.

“어디로 간 걸까.” 두 사람은 서로 얼굴을 마주보았다.

그러자 등대지기가 히죽히죽 웃으며, 조금 몸을 들어올리듯 하여 두 사람 곁의 창밖을 내다보았다. 두 사람도 그쪽을 보았다.

바로 방금의 새잡이가, 노란빛과 푸른빛의 아름다운 인광을 내는 온 들판의 벼룩울타리풀 위에 서서, 엄숙한 얼굴로 두 팔을 벌리고 하늘을 가만히 올려다보고 있었다.

“저기 가 있네. 참 이상한걸. 분명 또 새를 잡는 곳이겠지. 기차가 달려가기 전에, 빨리 새들이 내려오면 좋을 텐데.” 그렇게 말한 순간, 휑하니 빈 도라지빛 하늘에서, 아까 보았던 것과 같은 왜가리들이 마치 눈이 내리듯 깍깍 울며 가득히 날아내려왔다. 그러자 새잡이는 마침 주문이 딱 맞아떨어진다는 듯이 흐뭇해하며, 두 다리를 정확히 육십 도로 벌리고 서서, 오므리며 내려오는 왜가리들의 검은 다리를 한 마리 한 마리씩 재빨리 두 손으로 눌러, 천가방 속에 넣었다. 그러면 왜가리들은 마치 반딧불처럼 가방 속에서 잠시 푸르게 번쩍거리다가, 이윽고 모두 흐릿한 흰빛으로 변하며 눈을 감았다. 그런데 붙잡히는 새보다, 붙잡히지 않고 무사히 은하수 쪽의 모래밭 위에 내려앉는 새가 훨씬 많았다. 그 새들은 발이 모래에 닿는가 싶으면, 마치 눈이 녹듯이 오그라들어 납작해졌고, 잠시 뒤에는 용광로에서 막 흘러나온 붉은 구리물처럼 모래와 자갈 위에 퍼졌다. 처음에는 새의 형체가 모래에 남아 있었으나, 그것도 두세 번 밝아졌다 어두워졌다 하더니, 곧 주위와 똑같은 색으로 사라져버렸다.

새잡이는 스무 마리쯤 가방에 넣고 나서, 갑자기 두 손을 번쩍 들어, 마치 군인이 총탄을 맞고 쓰러질 때 같은 자세를 취했다. 그랬다고 생각하는 순간, 이미 그 자리에 새잡이의 모습은 사라지고, 오히려 "아, 속이 다 시원하군. 몸에 딱 맞을 만큼 벌어들이는 것만큼 좋은 일도 없습니다." 하는 낯익은 목소리가 조반니의 곁에서 들려왔다. 보니, 새잡이는 벌써 거기에서 방금 잡아온 왜가리들을 가지런히 정돈하며, 하나씩 다시 겹쳐 놓고 있었다.

"어떻게 거기에서 한꺼번에 여기로 온 거예요." 조반니는 그것이 당연한 일 같은데도 당연하지 않은 것 같은, 묘한 느낌이 들며 물었다.

"어떻게라니, 오려고 했으니 온 거지. 그런데, 당신들은 도대체 어느 쪽에서 온거요?"

조반니는 바로 대답하려 하였으나, 도대체 어디에서 왔다는 것인지, 아무리 해도 생각이 떠오르지 않았다. 캄파넬라도 얼굴을 붉히며 무언가 떠올리려 애쓰고 있었다.

"아아, 멀리서 오셨군." 새잡이는 모든 것을 알겠다는 듯 가볍게 고개를 끄덕였다.

9. 조반니의 차표

"이제 이 근처가 백조 구역의 끝입니다. 저기 보세요. 저게 유명한 알비레오 관측소입니다."

창밖에는 마치 불꽃놀이로 가득 찬 듯한 은하수 한가운데에 검은 큰 건물 네 동이 서 있었고, 그 가운데 한 동의 평평한 지붕 위에는 눈이 부실 만큼 선명한 사파이어와 토파즈, 두 개의 큰 투명한 구슬이 고리를 이루며 조용히 빙글빙글 돌고 있었다.

노란 구슬이 점점 저쪽으로 돌아가고, 푸른 작은 구슬이 이쪽으로 다가오더니, 얼마 지나지 않아 두 구슬의 끝이 포개져서 아름다운 초록빛 양면볼록렌즈 같은 형태가 생겼다. 그것은 점점 가운데가 부풀어 오르다가 마침내 푸른 구슬이 완전히 토파즈의 정면으로 왔고 초록의 중심과 눈부신 노란 고리가 만들어졌다. 그것은 다시 옆으로 비켜가며 조금 전의 렌즈 형태를 반대로 되풀이하더니 마침내 스르르 떨어져 나갔다. 사파이어는 저쪽으로 돌고 노란 구슬은 이쪽으로 다가오며 또한 조금 전과 똑같은 모습이 되었다. 형체도 소리도 없는 은하수의 물에 둘러싸여 정말이지 그 검은 관측소는 잠든 것처럼 조용히 드러누워 있었다.

"저것은 물의 속도를 재는 장치입니다. 물도……." 새잡이가 말을 꺼내려던 순간, "차표 좀 보여주십시오." 세 사람의 좌석 옆에는 어느새 빨간 모자를 쓴 키 큰 차장이 곧게 서 있었다.

새잡이는 말없이 주머니에서 작은 종잇조각을 꺼냈다. 차장은 그것을 잠깐 보더니 곧 시선을 돌리고, '당신들의 것은?' 하고 말하는 듯한 손짓을 하며 손을 조반니 쪽으로 내밀었다.

"자……." 조반니는 난처해져서 망설이고 있었는데 캄파넬라는 아무렇지 않다는 듯 작은 잿빛 차표를 꺼내 보였다. 조반니는 완전히 당황하여 혹시 웃옷 주머니에라도 차표가 있었을까 싶어 급히 손을 넣어보았다. 그러자 큰 접지 종잇조각이 손끝에 닿았다.

이런 게 들어 있었나? 그는 이상히 여겨 얼른 꺼내보았다. 그것은 엽서 크기만 한, 네 번 접힌 초록색 종이였다.

차장이 손을 내밀고 있으니 조반니는 뭐든 상관없다는 마음으로 그것을 그대로 건넸다. 차장은 자세를 바로 하고 공손하게 그것을 펼쳐 읽기 시작하였다. 읽는 동안 그는 웃옷의 단추를 만지작거리며 여러 번 매무새를 고쳤다. 등대지기도 아래쪽에서 그것을 열심히 들여다보고 있었다. 그래서 조반니는 그것이 분명 어떤 증명서 같은 것이었으리라 생각하며 가슴 한쪽이 은근히 뜨거워지는 듯하였다.

"이것은 삼차 공간에서 가져오신 겁니까?" 차장이 물었다.

"잘 모르겠어요." 조반니는 이제 안심이 되어 그쪽을 올려다보며 피식 웃었다.

"좋습니다. 남십자역에 도착하는 것은 다음 3시경입니다." 차장은 종이를 조반니에게 건네고 저쪽으로 걸어갔다. 캄파넬라는 그 종잇조각이 무엇인지 기다리기라도 했다는 듯 서둘러 들여다보았다. 조반니도 정말 빨리 보고 싶었다.

그런데 그것은 온통 검은 덩굴무늬 같은 바탕에, 기묘한 열 개 남짓의 글자가 인쇄된 종이였고, 말없이 바라보고 있자니 마치 그 안으로 빨려 들어갈 것 같은 기분이 들었다. 그러자 새잡이가 옆에서 그것을 힐끗 보더니 다급한 듯 말했다.

"어이, 그건 대단한 물건입니다. 그건 이미 진짜 천상(天上)에도 올라갈 수 있는 차표예요. 천상뿐 아니라 어디든 원하는 곳으로 갈 수 있는 통행권이지요. 그걸 가지고 계시다면, 그렇습니다, 이런 미완성 환상 네 번째 차원의 은하철도쯤은 어디까지든 갈 수 있는 법이지요. 당신들, 보통이 아니군요."

"잘 모르겠어요." 조반니는 얼굴이 붉어지며 대답하고 그것을 다시 접어 주머니에 넣었다. 그리고 괜히 멋쩍어서 캄파넬라와 함께 다시 창밖을 바라보았다. 그러나 새잡이가 가끔 대단한 물건이라는 듯이 힐끗힐끗 이쪽을 보고 있다는 것이 어렴풋이 느껴졌다.

"이제 곧 독수리 정거장이야." 캄파넬라는 맞은편 물가에 나란히 서 있는 세 개의 작은 푸른 삼각 표지와 지도를 번갈아 보며 말했다.

조반니는 무슨 영문인지 알 수 없었지만, 갑자기 옆자리의 새잡이가 몹시 불쌍하게 느껴져 견딜 수 없었다. 왜가리를 잡아 만족스러워하며, 하얀 천으로 그것을 돌돌 말고, 남의 차표를 보고 놀라서 호들갑을 떨며 칭찬하고, 그런 행동 하나하나가 떠오르자, 조반니는 이 낯선 새잡이를 위해 자신이 가진 것이든 먹을 것이든 모두 주고 싶을 만큼, 그리고 정말 그 사람의 진짜 행복을 위해서라면 자신이 저 빛나는 은하수 강가에 백 년을 서서 새를 잡아도 좋다는 마음까지 들어 도저히 그냥 가만히 있을 수 없었다.

정말로 이 사람이 원하는 것은 대체 무엇일까. 그렇게 묻고 싶었지만 너무 갑작스러울 것 같아 망설이며 뒤돌아보았다. 그러나 그 자리에 이미 새잡이는 없었다. 짝 선반 위에도 하얀 짐은 보이지 않았다. 혹시 창밖에서 두 발을 버티고 서서 하늘을 올려다보며 왜가리를 잡을 준비를 하고 있나 싶어 서둘러 바깥을 보았다. 그러나 밖에는 온통 아름다운 은빛 모래와 하얀 억새의 물결만이 가득했을 뿐, 그 넓은 등이든 뾰족한 모자든 새잡이의 모습은 어디에도 보이지 않았다.

"저 사람, 어디로 갔을까." 캄파넬라도 멍하니 그렇게 말하고 있었다.

"어디로 갔을까. 대체 어디에서 또 만나게 될까. 나는 왜 그 사람에게 조금도 말을 하질 않았을까."

"응, 나도 그렇게 생각하고 있어."

"나는 그 사람이 방해가 되는 것 같은 느낌이 들었어. 그래서 나는 몹시 괴로워." 조반니는 이런 기묘한 기분은 정말 처음이었고, 이런 말을 지금까지 한 번도 해본 일이 없다고 생각했다.

"왠지 사과 냄새가 나. 내가 방금 사과를 생각했기 때문일까." 캄파넬라는 이상하다는 듯 주위를 둘러보았다.

"정말 사과 냄새야. 그리고 들장미 냄새도 나." 조반니도 주위를 둘러보았지만, 역시 그것은 창문 쪽에서 들어오는 것처럼 보였다. 지금은 가을이라 들장미 꽃 냄새가 날 리가 없다고 조반니는 생각했다.

그러자 갑자기 그곳에, 윤기 나는 검은 머리카락을 한 여섯 살 가량의 남자아이가, 빨간 재킷의 단추도 채우지 않은 채, 몹시 놀란 얼굴로 덜덜 떨며 맨발로 서 있었다. 옆에는 검은 양복을 단정히 입은 키 큰 청년이, 바람에 한껏 불려 있는 느티나무처럼 꼿꼿한 자세로, 남자아이의 손을 꼭 잡고 서 있었다.

"어머, 여긴 어디일까요. 세상에, 정말 아름답다." 청년의 뒤에는, 열두 살쯤 된, 갈색 눈의 사랑스러운 여자아이 한 명이, 검은 외투를 입고 청년의 팔에 매달린 채, 이상하다는 듯 창밖을 바라보고 있었다.

"아, 여기는 랭커셔야. 아니, 코네티컷 주야. 아니, 아아, 우리는 하늘로 온 거야. 우리는 하늘로 가는 거다. 저걸 보렴, 저 표가 하늘나라의 표야. 이제 아무것도 무서울 것 없다. 우리는 하느님께 불려 가고 있는 거야."

검은 옷의 청년은 기쁨에 빛나며 그 여자아이에게 말했다. 그런데도 다시 이마에는 깊은 주름이 새겨져 있었고, 또한 매우 지쳐 있는 듯, 애써 웃으면서 남자아이를 조반니의 옆자리에 앉혔다. 그리고 여자아이에게는 다정하게 캄파넬라의 옆자리를 가리켰다. 여자아이는 순순히 거기에 앉아, 단정히 두 손을 모았다.

"나, 큰누나한테 가는 거야." 막 자리에 앉은 남자아이는 얼굴을 이상하게 찡그리며, 등대지기의 맞은편 자리에 앉은 청년에게 말했다. 청년은 말로는 도저히 무엇이라 할 수 없다는 듯, 아주 슬픈 얼굴로 그 아이의 잔뜩 오그라들어 젖어 있는 머리를 가만히 바라보았다. 여자아이도 갑자기 두 손으로 얼굴을 감싸고 훌쩍훌쩍 울기 시작했다.

"아버지나 기쿠요 언니는 아직 이것저것 할 일이 있어. 그렇지만 곧 뒤따라 오실 거야. 그보다도, 엄마는 얼마나 오랫동안 기다리고 계셨겠니. '내 소중한 타다시는 지금 무슨 노래를 부르고 있을까, 눈 내리는 아침에 모두와 손을 잡고 빙글빙글 딱총나무 덤불을 돌며 놀고 있을까.' 하고 생각하면서, 정말로 기다리며 걱정하고 계신단다. 그러니까 어서 가서 엄마를 뵙자."

"응, 하지만 난 차라리 배에 타지 않았더라면 좋았을 텐데."

"그래, 그렇지만, 저기 좀 봐, 하늘이 어떠니. 저 훌륭한 강, 있지, 저기 말이야, 여름 내내 '트윙클, 트윙클, 리틀 스타'를 부르고 쉬던 때, 언제나 창에서 희미하게 하얗게 보이곤 했잖니. 바로 저기야. 응, 예쁘지, 저렇게 빛나고 있잖니."

울고 있던 누나도 손수건으로 눈을 닦고 밖을 바라보았다. 청년은 가르치듯 조용히 남매에게 다시 말하였다. "우린 이제 아무 것도 슬플 게 없어. 우린 이렇게 좋은 곳을 여행하다가 곧 신께 가게 될 거야. 거기라면 정말 밝고 향기롭고 훌륭한 사람들이 가득하단다. 그리고 우리 대신 보트에 탈 수 있었던 사람들은, 분명 모두 구출되어서, 걱정하며 기다리고 있는 제각각의 아버지나 어머니나 자기 집으로 돌아갈 거야. 자, 이제 곧이니 힘을 내고 즐겁게 노래하며 나아가자."

청년은 사내아이의 젖은 듯한 검은 머리를 쓰다듬으며 모두를 달래 주었고, 그 자신도 점점 얼굴빛이 빛나기 시작했다.

"당신들은 어디에서 오셨습니까. 무슨 일이 있었던 겁니까." 아까의 등대지기가 이제야 조금 이해한 듯 청년에게 물었다. 청년은 희미하게 웃었다.

"아니요, 배가 빙산에 부딪쳐 가라앉았거든요. 우리는 이분들의 아버지가 급한 일로 두 달 전에 한발 먼저 본국으로 돌아가셨기 때문에 뒤따라 출발한 겁니다. 저는 대학에 다니고 있었고, 가정교사로 고용되어 있었지요. 그런데 꼭 열이틀째 되는 날, 오늘이나 어제쯤이었을 겁니다만, 배가 빙산에 부딪쳐 순식간에 기울고 벌써 침몰할 참이었어요. 달빛은 어디선가 어렴풋이 있었지만, 안개가 무척 짙었습니다. 그런데 보트는 좌현 쪽 절반이 이미 쓸 수 없게 되어 있어서, 도무지 모두가 탈 수는 없었습니다. 그러는 동안에도 배는 가라앉고 있었고, 저는 필사적으로 부르짖었습니다. 제발 작은 아이들부터 태워 달라고요. 가까이 있던 사람들은 곧장 길을 비켜 주고 아이들을 위해 기도해 주었습니다. 하지만 거기서 보트까지 가는 사이에는 아직도 어린아이들이며 부모들이며 여럿이 있어서, 도저히 그들을 밀어낼 용기가 나지 않았습니다. 그렇지만 저는 어떻게 해서든 이 아이들을 구해야 하는 것이 제 의무라고 생각했으므로 앞에 있는 아이들을 밀어내려 했습니다. 그러나 또 그렇게 해서 구해 주는 것보다 이대로 신 앞에 다함께 가는 편이 이분들에게 정말 행복일지도 모른다고 생각하기도 했습니다. 그러다가 다시 그런 신을 거스르는 죄는 제가 홀로 짊어지고서라도 반드시 구해 주어야겠다고도 생각했습니다. 하지만 아무리 보아도 그것이 되지 않았습니다. 아이들만 보트 안에 올려 보내고 어머니는 미친 사람처럼 키스를 보내며, 아버지는 슬픔을 꾹 참고 꼿꼿이 서 있는 모습을 보는 것은, 정말 창자가 끊어질 듯했습니다. 그러는 사이 배는 점점 더 가라앉았기 때문에, 저는 이 사람들 둘을 껴안고, 떠오르기나 하면 떠오르게 한 채 뭉쳐서 배가 가라앉기를 기다리고 있었습니다. 누가 던졌는지 모르지만 구명부환 하나가 날아왔습니다만 미끄러져 저 멀리 가 버렸습니다. 저는 있는 힘을 다해 갑판의 격자처럼 된 곳에서 손을 떼고, 셋이서 그것을 단단히 붙잡았습니다. 어디선가 목소리가 울려 퍼졌습니다. 그러자 곧 모두가 여러 나라 말로 한꺼번에 그 노래를 불렀습니다. 그때 갑자기 큰 소리가 나고 우리는 물속으로 떨어져, 이제 소용돌이에 빨려 들어간다고 생각하면서 이 사람들을 힘껏 껴안았고, 그다음 아득해졌다고 생각하니 벌써 여기 와 있었던 겁니다. 이 아이들의 어머니는 재작년에 돌아가셨습니다. 네, 보트는 분명 구출되었을 거예요. 무엇보다 상당히 숙련된 수부들이 노를 저어 재빨리 배에서 멀어지고 있었습니다."

그곳에서부터 작은 기도의 소리가 들려 왔고, 조반니와 캄파넬라는 지금까지 잊고 있던 여러 가지 일을 어렴풋이 떠올리며 눈시울이 뜨거워졌다.

(아아, 그 커다란 바다는 퍼시픽이라고 부르는 것이 아니었던가. 그 빙산이 흘러가는 북쪽 끝의 바다에서, 작은 배에 올라, 바람이나 얼어붙는 바닷물이나 사나운 추위와 싸우며, 누군가가 죽기 살기로 일하고 있다. 나는 그 사람이 정말 딱하고 또 미안한 듯한 기분이 든다. 나는 그 사람의 행복을 위해 도대체 무엇을 해야 하는 걸까.) 조반니는 고개를 떨구고 완전히 침울해져 버렸다.

"무엇이 행복인지 모르는 법이지요. 정말 어떤 괴로운 일이라도, 그것이 올바른 길을 가는 동안 생긴 일이라면 고갯마루의 오름도 내림도 모두 한 걸음씩 진정한 행복에 다가가는 셈이니까요." 등대지기가 그를 위로하고 있었다.

"아, 그렇습니다. 가장 큰 행복에 이르기 위해 여러 슬픔도 모두 하늘의 뜻입니다." 청년이 기도하듯 그렇게 대답했다.

그리고 그 누나와 남동생은 이미 지쳐 각자 축 늘어진 채 자리 등에 기대어 잠들어 있었다. 아까 맨발이었던 그 발에는 어느새 하얗고 부드러운 신을 신고 있었다.

덜커덩 덜커덩 기차는 눈부신 인광의 강가를 달렸다. 맞은편 창을 바라보면, 들판은 마치 환등처럼 보였다. 셈할 수도 없이 많은 크고 작은 삼각 표지, 큰 표지의 꼭대기에는 붉은 점을 찍은 측량 깃발도 보였고, 들판의 끝은 그것들이 한가득 모여 흐릿한 청백색 안개처럼 펼쳐졌으며, 그곳에서인지 혹은 더 먼 곳에서인지, 때때로 여러 모양의 희미한 봉화 같은 것이 번갈아가며 아름다운 도라지빛 하늘로 쏘아 올려지고 있었다. 참으로 그 투명하고 맑은 바람은 장미 향기로 가득했다.

"어떠십니까. 이런 사과는 처음 보시겠지요." 맞은편 자리에 앉은 등대지기가 어느새 금빛과 붉은빛으로 아름답게 물든 큰 사과 하나를 두 손으로 무릎 위에 올려놓고 있었다.

"아, 어디서 온 겁니까. 훌륭하군요. 이 근처에서 이런 사과가 나는 겁니까." 청년은 정말 놀란 듯, 등대지기가 두 손에 안고 있는 한 무더기 사과를 보며 눈을 가늘게 떴다가 고개를 갸웃하며 넋을 잃고 바라보았다.

"아니, 자, 드십시오. 부디, 자, 드십시오."

청년은 하나를 집어 조반니 쪽을 힐끗 보았다. "자, 건너편의 도련님들. 어떠십니까. 드시지요."

조반니는 '도련님'이라 불린 것이 조금 마음에 걸려 말없이 있었지만, 캄파넬라는 "고맙습니다." 라고 말했다. 그러자 청년은 스스로 골라 두 사람에게 하나씩 건네주었고, 조반니도 일어서며 고맙다고 말했다.

등대지기는 비로소 양팔이 비었기 때문에 이번에는 잠들어 있는 남매의 무릎 위에 사과를 하나씩 살며시 올려놓았다.

"참 고맙습니다. 이런 훌륭한 사과는 어디에서 나는 것입니까." 청년은 여전히 감탄하듯 바라보며 말했다.

"이 근처에서도 물론 농사는 짓습니다만, 대체로 저절로 좋은 것이 열리도록 되어 있습니다. 농사라고 해도 그다지 힘들이는 일은 없습니다. 대개 자기가 원하는 씨앗만 뿌리면 저절로 쑥쑥 자라지요. 쌀도 퍼시픽 근처에서 나는 것처럼 껍질도 없고 열 배나 크고 향기도 좋습니다. 하지만 여러분이 계시는 곳에서는 농업이 이미 없습니다. 사과도 과자도 찌꺼기가 조금도 없기 때문에, 모두 그 사람마다 달라진 약간의 좋은 향기가 되어 모공에서 흩어져 버리는 것입니다."

그때 갑자기 남자아이가 눈을 또렷이 뜨며 말했다. "아, 나 방금 어머니 꿈을 꾸었어. 어머니가 말이야, 훌륭한 찬장하고 선반하고 책이 있는 데에 계셨는데, 나를 보며 손을 내밀고 방긋방긋 웃었어. 그래서 내가 '어머니, 사과를 주워 올까요?' 하고 말하니까 눈이 떠져 버렸어. 아아, 여긴 아까 그 기차 안이구나."

"그 사과가 여기에 있단다. 이 아저씨가 주신 거야." 청년이 말했다.

"고마워요, 아저씨. 어라, 가오루 누나는 아직 자고 있네. 내가 깨워 줘야지. 누나, 있잖아, 사과를 받았어. 일어나 봐."

누나는 웃으며 눈을 뜨고 눈부신 듯 두 손을 눈에 대었다가 사과를 바라보았다. 남자아이는 마치 파이를 먹듯 벌써 그것을 먹고 있었고, 힘들여 벗겨 낸 그 예쁜 껍질도, 코르크 마개처럼 고불고불 감긴 모양으로 바닥에 떨어지기까지 잠깐 사이에 스르르 잿빛으로 빛나며 증발해 버렸다.

남매는 사과를 소중히 주머니에 넣어 두었다.

강 아래쪽 맞은편 둑에는 푸르게 우거진 큰 숲이 보였고, 그 가지에는 잘 익어 새빨갛게 빛나는 둥근 열매가 가득했다. 숲 한가운데에는 높고 높은 삼각 표지가 서 있었고, 숲속에서 오케스트라 벨과 실로폰이 어우러진, 무엇이라 말할 수 없을 만큼 아름다운 음색이 스며들 듯, 녹아들 듯 바람을 타고 흘러왔다.

청년은 오싹한 듯 몸을 떨었다.

말없이 그 악보 같은 흐름을 듣고 있노라면, 그 일대에 온통 노란빛과 연둣빛의 환한 들판인지 깔개인지가 펼쳐지고, 또 새하얀 밀랍 같은 이슬이 태양의 면을 스치는 듯한 모습이 떠오르는 것이었다.

"저기, 저 까마귀 봐." 캄파넬라 옆에 앉은, 가오루라고 불린 여자아이가 외쳤다.

"까마귀가 아니야. 다들 까치야." 캄파넬라가 무심한 듯 꾸짖듯 외치자, 조반니는 저도 모르게 웃었고, 여자아이는 머쓱해졌다. 정말로 강가의 푸른빛 도는 희미한 불빛 아래, 검은 새들이 잔뜩 줄을 지어 앉아 가만히 강의 미세한 빛을 받고 있었다.

"까치 맞습니다, 머리 뒤쪽에 털이 쭉 뻗어 있으니까요." 청년이 중재하듯 말했다.

맞은편의 푸른 숲 한가운데 서 있던 삼각 표지는 이제 기차의 정면에 와 있었다. 그때 기차의 한참 뒤쪽에서, 익숙한 찬미가의 가락이 들려왔다. 제법 많은 사람이 합창하는 듯했다.

청년은 갑자기 얼굴빛이 새파랗게 질리더니, 벌떡 일어나 그쪽으로 가려 했으나 생각을 고쳐 다시 앉았다. 가오루는 손수건을 얼굴에 대어 버렸다. 조반니까지도 어쩐지 코끝이 이상해졌다.

그러나 언제랄 것도 없이, 누구랄 것도 없이 그 노래가 흘러나오기 시작했고 점점 또렷하고 강해졌다. 조반니와 캄파넬라도 저도 모르게 함께 노래하기 시작했다. 그리고 푸른 감람나무 숲은 보이지 않는 은하수 건너편으로 차갑게 빛나며 점점 뒤쪽으로 밀려가 버렸다. 그곳에서 흘러오던 수상한 악기의 소리도 기차의 울림과 바람 소리에 깎여 아주 희미해졌다.

"아, 공작이다."

"그래, 많이 있었어." 여자아이가 대답했다.

조반니는 멀어져 아주 작게, 이젠 하나의 초록빛 조개 단추처럼 보이는 숲 위에서, 공작이 파란빛을 간간이 번쩍이며 날개를 펴고 접는 그 반사된 빛을 보았다.

"맞아, 아까 공작 소리도 들렸었어." 캄파넬라가 가오루에게 말했다.

"그래, 서른 마리쯤은 분명 있었어. 하프처럼 들리던 건 전부 공작 소리야." 여자아이가 대답했다.

조반니는 갑자기 형언하기 어려운 슬픔이 밀려와, "캄파넬라, 여기서 내려서 놀다 가자."라고 겁먹은 얼굴로 말할 뻔했다.

강은 두 갈래로 나뉘었다. 그 캄캄한 섬 한가운데에는 높고 높은 다락대 하나가 세워져 있었고, 그 위에는 느슨한 옷을 입고 붉은 모자를 쓴 사내가 서 있었다. 그는 두 손에 붉은 깃발과 푸른 깃발을 들고 하늘을 올려다보며 신호를 보내고 있었다.

조반니가 바라보는 동안, 그 사람은 계속 붉은 깃발을 휘두르고 있었으나 갑자기 붉은 깃발을 내리고 뒤로 감추듯 하더니, 푸른 깃발을 높이 높이 들어 마치 오케스트라 지휘자처럼 맹렬히 흔들었다. 그러자 허공에서 와르르 비 내리는 듯한 소리가 나며, 몇 무더기나 되는 캄캄한 무언가가 총알처럼 강 건너편으로 날아갔다. 조반니는 저도 모르게 창밖으로 몸을 반쯤 내밀고 그쪽을 올려다보았다. 아름답고 아름다운 도라지빛 텅 빈 하늘 아래, 실로 몇 만 마리나 되는 작은 새들이 여러 무리로, 제각기 분주하게 울며 지나가고 있었다.

"새들이 날아가고 있네." 조반니가 창밖을 보며 말했다.

"어디 보자." 캄파넬라도 하늘을 올려다보았다.

그때, 그 야그라 위에 서 있던 느슨한 옷차림의 사내가 갑자기 붉은 깃발을 들어 미친 사람처럼 흔들어댔다. 그러자 새 떼는 딱 멈추어 지나가지 않았고, 동시에 '피샤양' 하는 짓이 눌린 듯한 소리가 강 아래쪽에서 울려 퍼진 뒤, 한동안 고요해졌다.

그러나 곧, 그 붉은 모자의 신호수가 다시 푸른 깃발을 흔들며 외치고 있었다. "지금이야, 건너가라, 철새들아, 지금이야, 건너가라, 철새들아." 그 목소리도 또렷이 들렸다.

그와 함께 또 몇 만이라는 새 떼가 하늘을 곧게 가로질러 달려갔다. 두 사람이 얼굴을 내밀고 있는 가운데 창에서, 아까 그 여자아이가 얼굴을 내밀어 아름다운 뺨을 빛내며 하늘을 올려다보았다.

"세상에, 새가 정말 많네요. 아아, 하늘이 참 예쁘기도 하죠."

여자아이는 조반니에게 말을 걸었지만, 조반니는 제멋대로인 소녀가 못마땅하여 말없이 입을 다문 채 하늘만 올려다보고 있었다.

여자아이는 작게 한숨을 쉬고 말없이 자리로 돌아갔다. 캄파넬라는 안쓰러운 듯 창에서 얼굴을 거두고 지도를 들여다보았다.

"저 사람은 새들에게 가르쳐 주는 걸까요?" 여자아이가 조심스레 캄파넬라에게 물었다.

"철새들에게 신호를 보내는 거야. 분명 어디선가 봉화가 오를 테니까." 캄파넬라는 약간 확신 없는 목소리로 대답했다.

그리고 객차 안은 고요해졌다. 조반니는 이미 고개를 들여넣고 싶었으나, 밝은 곳에 얼굴을 내미는 것이 괴로워 꾹 참고 그 자리에 서서 휘파람을 불고 있었다.

(왜 나는 이렇게 슬픈 걸까. 나는 마음을 더 맑고 크게 가져야 해. 저기 강둑 저 너머에 연기 같은 작은 푸른 불빛이 보인다. 저건 정말 고요하고 차갑구나. 나는 저걸 잘 바라보고 마음을 가라앉히는 거야.) 조반니는 화끈거리고 아픈 머리를 두 손으로 누르듯 감싸고 그쪽을 바라보았다.

(아아, 정말로 어디까지나 어디까지나 나와 함께 가 줄 사람은 없는 걸까. 캄파넬라도 저 여자아이와 재미있게 이야기하고 있고, 나는 정말 괴롭구나.)

조반니의 눈은 다시 눈물로 가득 차서, 은하수도 멀리 멀리 흩어진 듯 희미하게 하얗게 보일 뿐이었다. 그때 기차는 점점 강에서 멀어져 벼랑 위를 달리기 시작했다. 맞은편 강둑의 검은 벼랑도 강을 따라 아래로 내려갈수록 점점 높아지고 있었다. 그리고 잠깐 커다란 옥수수나무 하나가 보였다. 그 잎은 빙글빙글 비틀려 있으며, 잎 아래에는 벌써 아름다운 초록색 큰 껍질이 붉은 수염을 내밀고, 진주 같은 알갱이도 잠깐 비쳤다. 그것들은 점점 수를 늘려 이제는 벼랑과 선로 사이에 줄지어 나타났다. 조반니가 문득 창에서 얼굴을 들여넣고 맞은편 창을 바라보았을 때는, 아름다운 하늘의 들판의 지평선 끝까지 거대한 옥수수나무가 거의 가득 심겨 있었고, 사박사박 바람에 흔들리며, 그 훌륭한 비틀린 잎끝에서는 마치 낮 동안 듬뿍 햇빛을 머금은 금강석 같은 이슬이 가득 맺혀 빨갛고 초록으로 반짝이며 불타고 있었다.

캄파넬라가 "저거 옥수수구나." 하고 조반니에게 말했지만, 조반니는 도무지 마음이 풀리지 않았기 때문에 그저 뚝한 목소리로 들판을 본 채 "그러겠지." 하고 대답했다. 그때 기차는 점점 조용해지며 몇 개의 신호와 전철기 불빛을 지나 작은 정거장에 멈추었다.

정면의 푸른빛 도는 시계는 정확히 둘째 시를 가리키고 있었고, 그 추는 바람도 끊기고 기차도 멈춘 고요하고 고요한 들판 속에서 카칫, 카칫 하고 올바르게 시간을 새기고 있었다.

그리고 바로 그 추의 소리가 끊어지는 틈 사이로, 멀고도 먼 들판 끝에서 아스라한 선율이 실오라기처럼 흘러왔다. "신세계 교향

곡이야." 누나는 혼잣말처럼 이쪽을 보며 조용히 말했다. 정말로 객차 안에서는, 저 검은 옷의 키 큰 청년도, 그 누구도, 모두 다 부드러운 꿈을 꾸고 있었다.

(이렇게 조용하고 좋은 곳에서 나는 왜 더 즐거워질 수 없는 걸까. 왜 이렇게 혼자 쓸쓸한 걸까. 그런데 캄파넬라는 너무해, 나랑 같이 기차에 타면서도 저런 여자아이하고만 이야기하고 있다니. 나는 정말 괴롭다.)

조반니는 다시 두 손으로 얼굴을 반쯤 가리듯 하며 맞은편 창밖을 바라보고 있었다.

투명한 유리 같은 피리가 울리고, 기차는 조용히 움직이기 시작했다. 캄파넬라도 외로운 듯 별 헤는 노래의 휘파람을 불었다.

"예, 예, 이 근처는 아주 높은 고원입니다." 뒤쪽에서 누군가 노인 같은 사람이 이제 막 잠에서 깬 듯 또렷하게 이야기하는 소리가 들렸다.

"옥수수도 막대기로 두 자나 구멍을 내고 거기에 씨를 뿌리지 않으면 자라지 못해요."

"그렇습니까. 강까지는 꽤 멀겠지요?"

"예예예, 강까지는 이천 자에서 육천 자쯤 됩니다. 완전히 험한 협곡이 되어 있지요."

그래, 여긴 콜로라도 고원이 아니었던가. 조반니는 문득 그렇게 생각했다.

캄파넬라는 아직도 외로운 듯 혼자 휘파람을 불고 있었고, 여자아이는 마치 비단에 싸인 사과처럼 얼굴을 물들이며 조반니가 바라보는 쪽을 보고 있었다.

그때 갑자기, 옥수수밭이 사라지고, 커다란 검은 들판이 끝없이 펼쳐졌다. 신세계 교향곡은 더욱 뚜렷해져 지평선의 끝에서 솟구치고, 그 새까만 들판 사이에서 한 명의 인디언이 흰 새의 깃털을 머리에 꽂고, 팔과 가슴에 많은 돌장식을 달고, 작은 활에 화살을 먹인 채, 기차를 향해 맹렬히 달려오고 있었다.

"아, 인디언이다! 인디언이야, 보세요!"

검은 옷의 청년도 눈을 떴다. 조반니와 캄파넬라도 벌떡 일어섰다.

"달려와요, 저기 달려와요! 쫓아오는 걸까요?"

"아니요, 기차를 쫓는 게 아니에요. 사냥을 하거나 춤을 추고 있는 거예요."

청년은 지금 자신이 어디 있는지도 잊은 듯, 주머니에 손을 넣은 채 서서 말했다.

정말 인디언은 절반은 춤을 추는 것처럼 보였다. 무엇보다도 달린다 해도 발을 내딛는 모양이 훨씬 절약되고, 마음만 먹으면 더 빨라질 듯했다. 갑자기 또렷한 흰 깃털이 앞으로 쓰러지듯 기울어지더니, 인디언은 딱 멈춰 서서 재빠르게 활을 하늘로 당겼다. 그 위에서 한 마리 학이 아찔하게 떨어져 내려왔고, 다시 달려가기 시작한 인디언의 양팔 가득 펼친 손안에 툭 하고 떨어졌다. 인디언은 기쁜 듯 서서 웃었다. 그리고 그 학을 들고 이쪽을 바라보고 있던 그의 그림자도 점점 작아지고 멀어졌다. 전신주의 애자들이 반짝반짝 두어 개 이어 빛나더니, 다시 옥수수 숲으로 바뀌어 버렸다. 이쪽 창을 보니, 기차는 정말 높고 높은 벼랑 위를 달리고 있었고, 그 골짜기 아래에는 강이 역시 넓고 밝게 흐르고 있었다.

"예, 예, 이제 여기서부터는 내리막이지요. 이번에는 한 번에 저 수면까지 내려가야 하니까 만만치 않습니다. 이 경사가 있는 탓에 기차는 절대로 저쪽에서 이쪽으로는 오지 못합니다. 자, 점점 빨라지고 있지 않습니까." 아까의 노인 같은 목소리가 말했다.

기차는 점점 아래로 내려갔다. 벼랑 끝에 철길이 걸려 있을 때마다, 아래로 밝게 흐르는 강이 훤히 내려다보였다.

조반니는 점점 마음이 밝아졌다. 기차가 작은 오두막 앞을 스쳐 지나갈 때, 그 앞에 외롭게 서서 이쪽을 바라보고 있는 아이를 보고는 무심코 "아아!" 하고 외쳤다.

기차는 계속해서 달려갔다. 차 안에서는 사람들이 절반쯤 뒤쪽으로 넘어질 듯 의자에 바짝 붙잡혀 있었다. 조반니는 저도 모르게 캄파넬라와 웃음을 나누었다. 은하수는 이제 기차 바로 옆을, 지금까지 훨씬 세차게 흘러온 듯, 때때로 번쩍 빛을 흘리며 지나가고 있었다.

연붉은 석죽꽃이 여기저기 피어 있었다. 기차는 겨우 안정을 찾은 듯 천천히 달렸다. 건너편과 이쪽 강둑에, 별 모양과 곡괭이가 그려진 깃발이 꽂혀 있었다.

"저건 무슨 깃발일까." 조반니가 드디어 입을 열었다.

"글쎄, 모르겠어. 지도에도 없잖아. 철로 된 배가 놓여 있네."

"응."

"다리를 놓는 곳이 아닐까요?" 여자아이가 말했다.

"아, 저건 공병의 깃발이야. 가교 훈련을 하고 있는 거지. 하지만 병사들의 모습은 안 보이는걸."

그때 건너편 강가 조금 아래쪽에서, 보이지 않는 은하수의 물결이 번쩍 기둥처럼 솟아오르더니 쾅 하고 사나운 소리가 울렸다.

"발파야, 발파야!" 캄파넬라는 기뻐서 폴짝 뛰었다.

기둥처럼 솟은 물은 곧 보이지 않게 되었고, 커다란 연어와 송어가 배를 하얗게 빛내며 허공으로 튀어 올라 원을 그리며 다시 물속으로 떨어졌다.

조반니는 마음이 그만큼 가벼워져, 금방이라도 뛰어오르고 싶을 정도로 밝아져서 말했다.

"공중 공병대야. 봐, 송어나 이런 것들이 저렇게까지 튀어 오르다니. 나는 이렇게 유쾌한 여행은 처음이야. 정말 멋지지."

"저 송어라면 가까이서 보면 이만큼은 되겠지. 이 물 속에는 정말 고기가 많구나."

“작은 물고기도 있을까요?” 여자아이가 이야기에 끌려 조심스레 물었다.

“있겠지. 큰 게 있는데 작은 게 없을 리가 없지. 하지만 멀리 있으니까 지금 작은 건 안 보였던 거야.” 조반니는 어느새 기분이 완전히 나아져, 즐거운 듯 웃으며 여자아이에게 대답했다.

“저건 분명 쌍둥이별님의 신전이야!” 남자아이가 갑자기 창밖을 가리키며 외쳤다.

오른편 낮은 언덕 위에, 작은 수정으로 만든 듯한 두 개의 신전이 나란히 서 있었다.

“쌍둥이별님의 신전이 뭐야?”

“나 엄마에게 여러 번 들었어. 정말 작은 수정 신전이 둘 나란히 있으니까 분명 그거야.”

“말해 봐. 쌍둥이별님이 무슨 일을 했는데?”

“나도 알고 있어! 쌍둥이별님이 들판에 놀러 나갔다가 까마귀랑 싸웠잖아.”

“그게 아니야. 저기 있잖니, 은하수 기슭에… 엄마가 말씀하셨어…”

“그리고 나서 혜성이 ‘기이—후우, 기이—후우’ 하고 날아왔잖아.”

“싫어, 그건 그 얘기가 아니야. 그건 다른 별의 이야기야.”

“그러면 지금 저기서 피리를 불고 있는 걸까?”

“지금 바다에 가 계셔.”

“아니야, 벌써 바다에서 올라오셨단 말이야.”

“맞아, 나도 알아. 내가 이야기할래.”

강의 맞은편 언덕이 갑자기 붉게 물들었다. 버드나무와 다른 나무들도 새까만 그림자로 떠올랐고, 보이지 않는 은하수의 물결도 때때로 바늘 같은 붉은 빛을 반짝이며 흘렀다.

정말로 맞은편 들판에는 거대한 새빨간 불길이 타오르고 있었고, 그 검은 연기는 차가운 도라지빛 하늘까지 태워버릴 듯 높이 치솟았다. 그 불은 루비보다도 붉고 투명하며, 리튬보다도 아름답게 빛나며, 취한 듯 아찔하게 타오르고 있었다.

“저건 무슨 불일까. 저렇게 붉게 빛나는 불은 뭘 태우면 나는 걸까.” 조반니가 말했다.

“전갈의 불이야.” 캄파넬라가 지도를 들여다보며 다시 대답했다.

“아, 전갈의 불이라면 나 알아.” 여자아이가 말했다.

“전갈의 불이 뭐야?” 조반니가 물었다.

“전갈이 타 죽은 거야. 그 불이 지금도 타오르고 있다고, 아빠한테 여러 번 들었어.”

“전갈이면, 벌레잖아.” “그래, 전갈은 벌레야. 그렇지만 착한 벌레야.”

“전갈이 착한 벌레라고? 나 박물관에서 알코올에 담긴 거 봤어. 꼬리에 이렇게 갈고리가 있어서, 그걸로 쏘이면 죽는다고 선생님이 말했어."

"맞아. 그렇지만 착한 벌레래. 아빠가 이렇게 말했어. 옛날 발드라 들판에 한 마리 전갈이 있었대. 작은 벌레들을 잡아먹으며 살아왔대. 그런데 어느 날 족제비에게 들켜 잡아먹히게 되었대. 전갈은 죽기 살기로 도망쳤지만 결국 족제비에게 잡힐 듯 몰렸지. 그때 앞에 우물이 있어서 그 안으로 떨어졌대. 이젠 아무래도 올라올 수 없어서 물에 빠져 죽기 시작한 거야. 그때 전갈이 이렇게 기도했대. 아아, 나는 지금까지 얼마나 많은 생명을 빼앗아 왔는지 모른다. 그런데 이번에 내가 족제비에게 잡아먹히려 하자, 나는 그렇게도 죽기 살기로 도망쳤다. 그랬는데도 결국 이렇게 되어 버렸다. 아아, 아무것도 믿을 게 없다. 왜 나는 내 몸을 순순히 족제비에게 주지 않았을까. 그랬다면 족제비도 하루는 더 살았을 텐데. 부디 신이시여, 제 마음을 들여다보아 주십시오. 이렇게 헛되이 목숨을 버리지 않게 하시고, 다음번에는 참되게 모두의 행복을 위해 제 몸을 써 주십시오. 라고 기도했대. 그러자 언젠가 전갈은 자기 몸이 새빨갛고 아름다운 불이 되어 밤의 어둠을 비추고 있는 것을 보았대. 지금도 그 불은 타고 있다고 아빠가 말씀하셨어. 진짜 저 불이 그거야."

"맞아, 봐 봐. 저기 삼각 표지들이 전갈 모양으로 줄지어 서 있잖아."

조반니는 정말로 그 커다란 불길 너머에, 삼 개의 삼각 표지가 전갈의 팔처럼 늘어서 있고, 다섯 개의 삼각 표지가 전갈의 꼬리나 갈고리처럼 이어진 것을 보았다. 그리고 그 새빨갛고 아름다운 전갈의 불은 소리도 없이 환하게, 환하게 타오르고 있었다.

그 불이 점점 뒤쪽으로 멀어질수록, 모두는 말로 할 수 없이 흥겹고 다채로운 음악 소리이며, 풀꽃의 향기 같은 것, 휘파람 소리, 사람들이 웅성거리는 소리 따위를 들었다. 마치 얼마 가지 않아 근처에 마을이 있고, 그곳에서 축제가 열리고 있는 듯한 느낌이 들었다.

"켄타우루스 이슬을 내려라!" 갑자기, 지금까지 잠들어 있던 조반니 옆의 남자아이가 건너편 창을 바라보며 소리쳤다.

아아, 그곳에는 크리스마스트리처럼 새파란 졸참나무인지 전나무인지가 서 있었고, 그 속에는 무수한 작은 전구가 마치 천 마리 반딧불이라도 모인 듯 반짝이고 있었다.

"아, 맞아, 오늘 밤은 켄타우루스 축제야."

"그래, 여긴 켄타우루스 마을이야." 캄파넬라가 곧 대답했다.

"공 던지기라면 난 절대로 빗나가지 않아." 남자아이가 으스대며 말했다.

"곧 사우전크로스입니다. 내리실 준비를 하십시오." 청년이 모두에게 말했다.

"나도 조금 더 기차를 타고 있을 거야." 남자아이가 말했다.

캄파넬라 옆의 여자아이는 들떠서 일어나 준비를 시작했지만, 그래도 조반니 일행과 헤어지기 싫은 듯한 기색이었다.

"여기서 내려야 합니다." 청년은 입을 꼭 다문 채, 남자아이를 내려다보며 말했다.

"싫어. 난 더 기차를 타고 있다가 갈 거야."

조반니가 참지 못하고 말했다. "우리랑 같이 타고 가자. 우린 어디까지든 갈 수 있는 표를 갖고 있어."

"하지만 우리, 이제 여기서 내려야만 해. 여긴 하늘로 가는 곳이니까." 여자아이가 쓸쓸하게 말했다.

"하늘 같은 데 안 가도 돼. 우린 여기서 하늘보다 더 좋은 곳을 만들어야 한다고 선생님이 말씀하셨어."

"하지만 우리 어머니도 가 계시고, 게다가 신께서 그렇게 말씀하시잖아."

"그런 신은 거짓 신이야."

"당신의 신이야말로 거짓 신이야."

"그렇지 않아."

"당신의 신은 어떤 신인데요?" 청년이 웃으며 물었다.

"난 잘 알지는 못하지만, 그런 신이 아니라 정말 단 한 분뿐인 신이야."

"참된 신은 물론 단 한 분뿐입니다."

"아, 그런 게 아니라, 단 한 분의, 진짜의 진짜인 신이야."

“그러니 그렇지 않습니까. 나는 여러분이 언젠가 그 참된 신 앞에서 우리와 다시 만나게 되기를 기도합니다.” 청년은 공손히 두 손을 모았다. 여자아이도 그대로 따라 했다.

모두 정말로 이별이 아쉬운 듯했고, 얼굴에도 희미한 창백함이 비쳤다. 조반니는 자칫하면 울음을 터뜨릴 것만 같았다.

“자, 이제 준비는 다 되셨습니까. 곧 사우전크로스입니다.”

아아, 바로 그때였다. 보이지 않는 은하수의 저 아래쪽에, 푸른 빛과 주황빛, 그리고 온갖 색의 빛이 흩뿌려진 십자가 하나가, 마치 한 그루의 나무처럼 강물 속에서 곧게 솟아 빛나고, 그 위에는 푸른빛 도는 희디흰 구름이 둥근 고리처럼 둘러 감아 후광을 이루고 있었다. 객차 안이 와글와글 술렁였다. 모두가 북십자성 앞에서처럼 똑바로 일어서며 기도를 시작했다.

이쪽저쪽에서 아이들이 참외를 붙잡듯 기뻐 뛰는 소리, 그리고 말로 형용할 수 없는 깊고 겸허한 탄식만이 흘렀다. 십자가는 점점 창의 정면에 이르렀고, 사과 속살 같은 푸른빛을 머금은 구름의 고리도 느릿느릿 돌고 있는 것이 보였다.

“할렐루야, 할렐루야.” 밝고 즐거운 사람들의 목소리가 울려 퍼졌다. 그리고 모두는 그 높은 하늘, 차갑고 아득한 하늘 저 멀리서 투명하고 형언할 수 없이 상쾌한 나팔 소리를 들었다. 수많은 신호등과 전등 불빛들 속을 지나며 기차는 점점 속도를 늦추더니, 마침내 십자가 바로 정면에 와서 완전히 멈추었다.

"자, 내릴 시간이에요." 청년은 남자아이의 손을 잡고 출구 쪽으로 걸어가기 시작했다.

"그럼, 안녕." 여자아이가 돌아서서 두 사람에게 말했다.

"안녕." 조반니는 거의 울음을 삼키며, 화난 듯 퉁명스럽게 말했다.

여자아이는 몹시 괴로운 듯 두 눈을 크게 뜨고 다시 한 번 이쪽을 돌아보더니, 그 뒤로는 아무 말 없이 걸어나갔다. 기차 안은 이미 절반 이상 비어, 갑자기 텅 빈 듯 쓸쓸해졌고, 바람이 가득 들어왔다. 그리고 바라보니, 모두가 삼삼오오 단정히 줄을 맞추어, 그 십자가 앞 은하수의 물가에 무릎을 꿇고 있었다. 그리고 보이지 않는 은하수의 물을 건너, 신비롭고 장엄한 흰 옷을 입은 사람이 손을 내밀며 이쪽으로 오고 있는 것을 두 사람은 바라보았다. 그러나 그때는 이미 유리의 호각이 울렸고, 기차는 움직이기 시작했다. 순식간에 강 아래쪽에서 은빛 안개가 스르르 흘러와, 벌써 그쪽은 아무것도 보이지 않게 되었다.

다만 수많은 호두나무가 잎사귀를 찬란히 빛내며 안개 속에서 있었고, 그 속에서 금빛의 둥근 후광을 띤 전기 다람쥐가 귀여운 얼굴을 내밀고 깜빡깜빡 들여다볼 뿐이었다.

그때 안개가 스르르 걷히기 시작했다. 어딘가로 이어지는 큰길인 듯, 작은 전등이 줄지어 켜진 거리가 나타났다. 그 불빛들은 한동안 철길을 따라 이어지고 있었다. 그리고 두 사람이 그 불빛

앞을 지나가면, 그 작은 콩알빛 불은 인사라도 하듯 퐁 하고 꺼졌다가, 두 사람이 지나가 버리면 다시 톡 하고 켜지는 것이었다. 뒤를 돌아보니, 아까의 십자가는 아주 작아져 버려 정말 가슴에 걸어도 될 만큼 멀어져 있었고, 아까의 여자아이와 청년들이 그 앞의 희디흰 물가에 아직도 무릎을 꿇고 있는지, 아니면 어디인지 알 수 없는 저 하늘로 올라간 것인지, 희미해서 가려낼 수조차 없었다.

조반니는 아아 하고 깊이 숨을 내쉬었다.

"캄파넬라, 우리 또 둘이 남았구나. 어디까지든, 어디까지든 함께 가자. 나는 이제 저 전갈처럼, 정말 모두의 행복을 위해서라면 내 몸이 백 번 불타도 상관없어."

"응. 나도 그래." 캄파넬라의 눈에는 맑은 눈물이 떠올라 있었다.

"하지만, 진짜 행복은 대체 무엇일까." 조반니가 말했다.

"난 모르겠어." 캄파넬라가 막연히 대답했다.

"우리 굳세게 해 나가자." 조반니는 가슴 가득 새 힘이 솟는 듯, 후 하고 숨을 쉬며 말했다.

"아, 저기 석탄주머니야. 하늘의 구멍이야." 캄파넬라가 조금 몸을 비키며 은하수의 한곳을 가리켰다. 조반니는 그쪽을 바라보다가 깜짝 놀랐다. 은하수 한복판에, 커다란 새까만 구멍이 뚫려 있는 것이었다. 그 바닥이 얼마나 깊은지, 그 안쪽에 무엇이 있는

지, 아무리 눈을 비비고 들여다보아도 아무것도 보이지 않았고, 다만 눈이 서늘하게 시려올 뿐이었다.

조반니가 말했다. "나는 이제 저렇게 큰 어둠 속이라도 무섭지 않아. 반드시 모두의 참된 행복을 찾으러 갈 거야. 어디까지든, 어디까지든 우리 함께 나아가자."

"응, 꼭 갈 거야. 아아, 저 들판은 정말 아름답구나. 모두 모여 있네. 저기가 진짜 하늘나라야. 아, 저기 있는 분이 우리 어머니야!"

캄파넬라는 갑자기 창 너머 멀리 보이는 아름다운 들판을 가리키며 외쳤다.

조반니도 그쪽을 보았다. 그러나 그곳은 하얗게 안개가 자욱할 뿐, 캄파넬라가 말한 것처럼 보이지 않았다. 왠지 모를 쓸쓸함이 밀려와 그저 멍하니 그쪽을 바라보고 있는데, 강 건너 둑에 전신주 두 개가 마치 양쪽에서 팔을 맞잡은 듯 붉은 신호기를 늘어뜨린 채 서 있었다.

"캄파넬라, 우리 함께 가자." 조반니가 이렇게 말하며 돌아보았을 때—방금까지 캄파넬라가 앉아 있던 자리에는 이미 캄파넬라의 모습이 없고, 그저 검은 비로드만 번들거리고 있었다.

조반니는 총알처럼 벌떡 일어났다. 그리고 누구에게도 들리지 않도록 창밖으로 몸을 내밀고 힘껏 가슴을 치며 외쳤고, 이어 목이 터지도록 울음을 쏟아냈다. 온 사방이—한순간에 새까만 어둠

이 된 듯했다.

조반니는 눈을 떴다. 언덕의 풀밭 속에서 지쳐 잠들어 있었던 것이었다.

가슴은 어딘가 이상하게 뜨겁고, 뺨에는 차가운 눈물이 흐르고 있었다. 조반니는 용수철처럼 벌떡 일어났다. 도시는 조금 전과 다름없이 아래쪽에 많은 불빛을 잇고 있었지만, 그 빛은 어딘가 이전보다 더 뜨겁게 달군 듯한 기운을 띠고 있었다. 그리고 방금 꿈에서 걸었던 은하수도 아까처럼 희고 아련한 띠를 이루어 걸려 있었고, 새까만 남쪽 지평선 위에서는 유독 연기 낀 듯 흐려 보였으며, 그 오른편에는 전갈자리의 붉은 별이 아름답게 반짝이고 있었다. 하늘 전체의 자리도 그리 변한 것 같지 않았다.

조반니는 곧장 언덕을 달려 내려갔다. 아직 저녁도 먹지 않고 기다리고 있을 어머니가 가슴 가득 떠오른 것이다. 검은 소나무 숲을 지나고, 흐릿하게 희어진 목장의 울타리를 돌아 아까의 입구에서 어두운 외양간 앞에 다시 도착했다. 그곳에는 누군가가 방금 돌아왔는지, 조금 전엔 없던 수레 하나가, 무언가의 통 두 개를 싣고 세워져 있었다.

"안녕하세요!" 조반니가 외쳤다.

"네." 흰 굵은 바지를 입은 사람이 곧 나와 섰다.

"무슨 일이죠?"

"오늘 우유가 저희 집에 오지 않았어요."

"아, 죄송합니다." 그 사람은 바로 안으로 들어가 우유병 하나를 들고 나와 조반니에게 건네면서 덧붙여 말했다.

"정말 죄송합니다. 오늘 오후에 깜빡하고 송아지 우리를 열어두는 바람에, 놈이 곧장 어미 소에게 달려가서 우유를 반쯤 마셔버렸지요…" 그 사람은 웃었다.

"그렇군요. 그럼 잘 마시고 가겠습니다."

"예, 정말 죄송했습니다."

"아니에요."

조반니는 아직도 따뜻한 우유병을 두 손바닥으로 감싸듯 들고 목장의 울타리를 나왔다. 그러고는 잠시 나무가 드문드문 있는 마을 길을 지나 큰길로 나왔고, 또 잠시 걷자 길은 십자로로 갈라지고, 오른편 골목 끝에는 조금 전 캄파넬라 일행이 불빛을 흘려보내러 갔던 강 위의 큰 다리의 골조가 밤하늘 속에 어렴풋이 서 있었다.

그런데 그 네거리 가게 앞에도, 또 길모퉁이마다에도 여자들이 일곱, 여덟 명씩 모여 다리 쪽을 바라보며 무언가 속삭이고 있었다. 그리고 다리 위에도 온갖 불빛이 가득했다.

조반니는 갑자기 싸늘하게 가슴이 식어 버리는 것만 같았다. 그리고 곧바로 가까운 사람들에게 외치듯 물었다.

"무슨 일인가요?"

"아이가 물에 빠졌어요." 한 사람이 대답하자, 그 사람들은 일제히 조반니를 바라보았다.

조반니는 거의 정신도 없이 다리 쪽으로 뛰었다. 다리 위는 사람들로 가득해 강이 보이지 않았다. 흰 옷을 입은 순사도 나와 있었다.

조반니는 다리의 기슭에서 곧장 아래 넓은 강가로 뛰어내렸다.

강가의 물가를 따라 수많은 불빛이 분주하게 오르내리고 있었다. 건너편 어두운 둑에도 일곱, 여덟 개의 불이 움직였다. 그 가운데에는 이제 까마귀오이 등불도 없는 강물이 희끄무레하게, 작은 소리만 내며 고요히 흐르고 있었다.

하류 쪽, 모래톱처럼 튀어나온 곳에 사람들이 모여 선명한 검은 무더기가 되어 서 있었다. 조반니는 그쪽으로 계속 달려갔다. 그리고 갑자기, 아까 캄파넬라와 함께 있던 마르소를 만났다. 마르소가 조반니에게 달려왔다.

"조반니, 캄파넬라가 물속에 들어갔어."

"왜? 언제?"

"자네리가 말이야, 배 위에서 까마귀오이 등불을 물 흐르는 쪽으로 떠내려 보내려고 했거든. 그런데 배가 흔들리면서 물에 빠졌지. 그랬더니 캄파넬라가 바로 뛰어들었어. 그리고 자네리를 배쪽으로 밀어 주었지. 자네리는 가토한테 붙잡혔어. 하지만 그 뒤로 캄파넬라가 안 보여."

“모두 찾고 있지?”

“그래, 다 곧 왔어. 캄파넬라 아버지도 오셨어. 그런데도 찾지 못했어. 자네리는 집으로 데려갔고.”

조반니는 사람들이 있는 쪽으로 갔다.

거기에는 학생들과 마을 사람들에게 둘러싸여, 푸른빛이 도는 뾰족한 턱을 가진 캄파넬라의 아버지가 검은 옷을 입고 꼿꼿이 서서 오른손에 든 시계를 가만히 바라보고 있었다.

모두가 말없이 강을 바라보고 있었다. 아무도 한마디 말도 하지 않았다.

조반니는 두근두근 두려워 다리가 떨렸다.

물고기를 잡을 때 쓰는 아세틸렌 램프들이 분주하게 이리저리 오가고, 검은 강물은 그 불빛을 받아 작은 물결을 일으키며 흘러가고 있었다.

하류 쪽에서는 강물이 온통 은하를 크게 비추어 마치 물이 없는, 그대로의 하늘처럼 보였다.

조반니는 캄파넬라는 이미 저 은하의 끝자락 어딘가에만 존재하는 것만 같아 어쩔 수 없이 그렇게 느껴졌다.

그러나 사람들은 여전히, 강물의 어느 물결 사이에서라도 “나, 꽤 오래 헤엄쳤어.” 라고 말하며 캄파넬라가 불쑥 올라올지도 모른다, 혹은 아무도 모르는 어느 모래톱에 도착해 그곳에 서서 누군가를 기다리고 있을지도 모른다는 생각을 버리지 못하는 듯했다.

하지만 갑자기, 캄파넬라의 아버지가 단호하게 말했다.

"이제 틀렸습니다. 떨어진 지 45분이 지났습니다."

조반니는 저도 모르게 달려가 박사 앞에 서서 "저는 캄파넬라가 간 곳을 알고 있어요. 저는 캄파넬라와 함께 걸었어요…."라고 말하려 했다. 그러나 목이 메어 아무 말도 나오지 않았다.

그러자 박사는 조반니가 인사하러 온 줄 아는지, 잠시 조반니를 유심히 바라보다가 말했다.

"당신이 조반니군요. 오늘밤은 여러모로 고맙습니다."

조반니는 아무 말도 못 하고 그저 고개를 숙였다.

"당신 아버지는 벌써 돌아오셨습니까?" 박사는 시계를 굳게 쥔 채 다시 물었다.

"아뇨…" 조반니는 희미하게 고개를 저었다.

"어찌 된 걸까. 그저께 아주 건강한 안부를 보내 왔는데 말이오. 오늘쯤 도착할 법한데… 배가 늦어졌나 보군. 조반니 씨, 내일 하교 후에 여러분과 함께 우리 집에 놀러 오십시오."

이렇게 말하고 박사는 다시 강 아래쪽의, 은하가 가득 비친 곳으로 눈길을 보냈다. 조반니는 이미 여러 가지로 가슴이 꽉 차 아무 말도 할 수 없었다.

그리고 박사 앞을 물러나며, 어서 어머니에게 우유를 가져다드리고, 아버지가 곧 돌아올 거라는 소식을 알려야겠다는 생각에 강가를 벗어나 마을 쪽으로 단숨에 달려갔다.

《위험하다!! 잠수함의 비밀》은 야마모토 슈고로가 남긴 초기 소년 모험물 가운데서도 특별한 빛을 지닌 작품이다. 이야기의 중심에는 용기와 책임감, 그리고 인간의 선의를 믿고자 하는 마음이 놓여 있다. 기술이 경이로움과 위협을 동시에 품고 있던 시대에 쓰인 이 소설은, 과학적 상상력과 스릴 넘치는 추적의 리듬 속에서 인간이 끝내 지켜야 하는 가치가 무엇인지 묻는다. 독자는 소년의 직감과 행동력, 그리고 그 배후에 흐르는 도덕적 선택의 의미를 따라가며 이야기를 읽어내면 좋겠다. 단순한 모험담을 넘어, 지금 우리에게도 유효한 용기와 연대의 메시지가 담겨 있기 때문이다. 이 책은 빠른 장면 전환과 숨 쉴 틈 없는 긴장감 속에서도 마음을 따뜻하게 데우는 힘을 지니며, 오늘날 읽어도 생생한 감동을 전해줄 것이다.

위험하다! 잠수함의 비밀

危し! 潜水艦の秘密

야마모토 슈고로

주운 암호지

"이게 뭐지?"

부립 제×중학교 운동장에는, 7월 한낮의 햇빛이 정면으로 내리쬐고 있었다. 눈이 아찔할 만큼 강렬한 햇빛 속에서 축구의 혹독한 연습에 열중하던 2학년 학생 서너 명이, 지금은 트랙 한쪽에 모여 종잇조각 하나를 둘러싸고 한창 떠들썩하게 이야기를 주고받고 있었다.

"뭐야, 시시해. 엉터리 낙서잖아."

"그래도 암호문 같지 않냐?"

"암호라면 하루타에게 보여줘. 사람이 만든 암호라면 무엇이든 풀어 보이겠다고 큰소리치지 않았던가."

"그래, 하루타에게 보여줘서 코를 납작하게 해 주자."

아이들은 저마다 그렇게 떠들며 종잇조각을 들고 교사 쪽으로 달려갔다. 마침 등나무 그늘 아래에서 하루타 류스케가 걸어오는 것이 눈에 들어왔다.

“하루타, 너 예전에 말했지. 남이 만든 암호라면 어떤 것이라도 풀어 보이겠다고.”

하루타는 짙은 눈썹을 신경질적으로 한 번 움직이며, 묵묵히 고개를 끄덕인 뒤 가볍게 미소 지었다.

“좋아, 그럼 이걸 한번 풀어 봐.” 하루타는 친구에게서 종잇조각을 받아 들고 제대로 살펴보지도 않은 채 “내일 연습 시간이 오기 전까지 풀어올게” 하고 아무렇지 않게 말한 뒤, 성큼성큼 앞쪽으로 걸어가 버렸다.

아이들은 저도 모르게 감탄을 터뜨렸다. “대단한 녀석이야, 정말로!!”

하루타 류스케는 2학년의 급장을 맡고 있었다. 아버지 하루타 박사는 대학 물리학 교수였고, 그 영향도 있었던 것일까. 류스케는 학교에서도 손꼽히는 수재였다. 머리가 얼마나 좋은지, 하루타의 질문에는 선생님들마저 가끔 대답을 망설일 정도였다.

수수께끼의 암호

집으로 돌아온 하루타는 곧 공부방에 틀어박혀, 예전에 주운 그 종잇조각을 꺼내 조심스럽게 살펴보기 시작했다. 그것은 매우 좋은 질의 순백 모조지에 펜으로 적힌 것으로 이렇게 적혀 있었다.

"○영은 ○ 8시 30분부터 진행, ○숍 ○센 동반."

하루타는 거의 두 시간 가까이 정신을 쏟아부으며, 그 암호를 풀어내는 데 열중했다. 그리고 그는 먼저 문장 속 ○ 표시를 글자로 채워 넣어, 다음과 같은 문장을 만들어냈다.

"촬영은 밤 8시 30분부터 진행, 비숍 얀센 동반."

"○영는 촬영을 뜻하는 거겠지." 하루타는 중얼거렸다. "비숍은 영어로 주교를 말하니까… 그렇다면, '밤 8시 반에 얀센이라는 주교를 데리고 가서 촬영을 한다'는 뜻이 되는 건가….”

여기까지는 금세 해석할 수 있었지만, 그 뒤에는 반드시 이 문장 뒤편에 숨겨진 또 다른 암호가 있을 것이라 생각한 하루타는 ABC 분해법, 이로하 분해법, 오십음 분해법 등 자신이 알고 있는 여러 해독 방식을 적용해 문장을 다시 조사하기 시작했다.

얼마 지나지 않아, 방문 밖에서 목소리가 들려왔다.

“오라버니, 오라버니!”

“들어오렴.” 하루타는 얼굴도 들지 않은 채 말했다.

문을 열고 들어온 아이는 류스케의 여동생, 보통학교 6학년의 활달한 소녀 후미코였다.

“무슨 일이니?”

“밥 먹으래. 오늘 밤은 아버지가 실험실에서 실험을 하신다니까, 빨리 식사하고 도와드리러 가야 한대.”

“알겠어. 곧 나갈게.”

“어머! 그게 뭐야, 오라버니?”

“이거 말이냐? 이건 말이지, 어느 외국 군사첩자의 아주 중대한 암호문이란다. 여기에 우리 제국의 안위가 숨어 있는 거지.”

“정말이야?”

“하하, 농담이야. 학교 친구가 나를 곤란하게 하려고 꾸며낸 거야. 아이들 장난 같은 거지.”

“아휴, 싫어라. 난 정말 놀랐잖아.”

남매는 사이좋게 웃음을 터뜨렸다.

"그건 그렇고, 문짱. 내가 가르쳐준 '하루타식 위험 신호' 기억하고 있니?" 하고 하루타가 물었다.

"응, 기억하고 있어. 해볼까?"

후미코는 그렇게 말하며, 주머니에서 손바닥 안에 쏙 들어갈 만큼 작은 손전등을 꺼내 "‥——‥——" 하고 불빛을 깜빡였다.

"이번에는 '구해 주세요'를 해보렴."

"·——·　·——·"

"훌륭한데!! 앞으로 더 많이 가르쳐줄게. 언제, 어떤 때에 도움이 될지 모르니까."

"자, 밥 먹으러 가자."

남매는 손을 맞잡고 방을 나섰다.

C·C·D 잠수함

그날 밤, 하루타 박사의 실험실에서는 박사가 발명한 'C·C·D 잠수함'에 사용될, 세계 최초의 무연료 기관의 실험이 진행될 예정이었다. 이 기관이 완전히 성공하기만 하면, 잠수함은 수십 시간, 아니 수백 시간이라도 해저에 머물 수 있고, 속력도 한 시간에 200마일쯤 낼 수 있어, 가령 태평양 밑을 가로질러 단시간에 횡단하는 일도 가능하다는, 실로 경이로운 발명이었다.

물론 하루타 박사의 발명은 세계 학계의 선망을 한 몸에 받고 있었다. 각국 해군에서는 어떻게 해서든 이 발명을 손에 넣으려고 광적인 소동을 벌이고 있을 정도였다.

그리하여 그날 밤의 실험은, 하루타 저택의 넓은 정원 한켠에 떨어져 지은 실험실에서 극비리에 진행되었고, 초대받은 이는 단 두 사람뿐이었다. 바로 해군 소장 야마카와 하치로, 그리고 기관 대좌 요코타 민도. 여기에 박사와, 조수 역할을 맡은 하루타 류스케와 후미코가 동석할 뿐이었다.

실험은 8시 30분에 시작될 예정이었고, 이미 8시 정각에는 요코타 대좌가 실험실에 도착해 있었다. 그러나 무슨 일인지 야마카와 소장은 좀처럼 모습을 보이지 않았다.

"어찌 된 일일까, 야마카와 씨는. 벌써 8시 30분을 조금 넘었는데." 요코타 대좌는 회중시계를 들여다보며 고개를 갸웃거렸다. "저분이 시간을 어기는 일은 드문데 말이지."

그렇게 말하고 있을 때, 문이 열리며 숨을 헐떡인 야마카와 소장이 모습을 드러냈다.

"실례했소. 오는 길에 자동차가 고장을 일으켜서 말이오—"

"그렇습니까. 저희도 무슨 일이 생긴 줄 알고 걱정했습니다. 자, 박사님, 실험을 시작해 주시지요." 요코타 대좌가 힘주어 말했다.

이어 실험실의 창과 문에 달린 견고한 철제 덧문이 '끼익—' 소리를 내며 내려졌다. 사람들은 실험실 중앙으로 모여들었다.

실험실 중앙에는 커다란 받침대가 놓여 있고, 그 위에는 길이 2미터 남짓한 C·C·D 잠수함용 복잡한 기관의 모형이 설치되어 있었다. 박사는 먼저 설계도를 펼쳐 올려놓고, 차분한 목소리로 발명의 요점을 설명하기 시작했다.

류스케는 모두에게서 약간 떨어진 곳에 서 있었다. 혹시 모를 사태에 대비해 건네받은 모오빌사의 정교한 소형 권총을 손에 꼭

쥐고, 주위를 한순간도 놓치지 않고 살피고 있었다.

"그럼, 모형을 가동해 실험에 들어가겠습니다." 박사는 설명을 마치고 모형 기관의 핸들을 잡았다.

"즉 이 핸들을 당기면, 이 크랭크를 거쳐 중심 원동간에 힘이 전달되는 구조입니다…."

박사가 손잡이를 잡아당기자, 미묘한 진동과 함께 극도로 복잡한 기관이 고요하게 움직이기 시작했다. 이를 지켜보던 야마카와 소장과 요코타 대좌는 놀라움에 겨우어 외쳤다.

"놀라운 발명입니다!"

"국보에 비할 만한 기술이오!"

그때였다. 류스케는 기관이 내는 진동음과는 다른, 낮고 둔탁한 기계 회전음을 들었다. 무엇인지는 알 수 없지만, 멀지 않았다. 아주 가까운 곳에서 들리고 있음이 분명했다. 그 소리는 리리리리리— 하고 희미하게 떨리고 있었다.

그리고—무엇을 발견한 것일까. 류스케는 갑자기 얼굴빛을 바꾸며 외쳤다.

"아버지, 실험 중지!! 문코, 불을 꺼!!"

"무슨 일이냐, 류스케! 무엇이야!"

"설계도와 모형을 지켜 주세요! 문코, 어서 불을 꺼! 어서!!"
문코는 말이 떨어지기 무섭게 스위치를 돌렸다. 실험실은 곧바로 칠흑 같은 어둠에 잠겼다.

그 순간──

"어머!! 오라버니!!"

문코의 날카로운 비명이, 암흑 속을 갈라지듯 울려 퍼졌다.

메리켄 소우타

후미코의 비명을 들은 류스케는, 소리가 난 방향으로 손전등을 비추었다. 그러자 실험실의 벽 한 부분이 바깥으로 열리며, 검은 옷차림의 남자가 후미코를 가로안은 채 밖으로 빠져나가려 하고 있었다.

"멈춰!!" 외쳤지만 이미 늦었다!! 벽은 원래대로 닫혀 버렸고, 밀어도 당겨도 전혀 움직이지 않았다.

그것을 확인하자마자, 류스케는 권총을 한 손에 쥐고 문쪽으로 돌진했다. 그러나 그곳에도 튼튼한 철제 덧문이 내려와 있었기 때문에, 밖으로 나가는 데 꼬박 2분은 걸렸다——

겨우 넓은 정원으로 뛰쳐나왔을 때, 한 남자가 어둠 속을 달아나고 있었다.

"서라! 서라! 멈추지 않으면 쏜다!!"

그는 있는 힘껏 외쳤다. 그러나 도망치는 기색은 조금도 없었다. 류스케는 조준해 두 발을 쏘았다. 파팟— 붉은 불꽃이 총구에서 뻗어 나가자 남자가 "아아!!" 하고 외치며 앞으로 고꾸라졌다.

달려가 보니, 근골이 단단한 청년이 정강이를 움켜쥐고 끙끙 신음을 내고 있었다. 다행히 스친 상처였다.

"움직이지 마라. 움직이면 쏜다!!" 류스케는 권총을 겨눈 채 소리쳤다. "일어서. 걸어가!!" 그리고 뒤에서 사정없이 한 발 걸어 찼다.

그가 청년을 몰아 실험실로 데리고 들어가자, 설계도와 모형을 지키고 있던 박사와 대좌가 근심 어린 얼굴로 물었다.

"후미코는 찾았느냐?"

"아직입니다. 하지만 지금은 후미코보다 먼저 손대야 할 일이 있습니다…… 그런데 야마카와 소장은 어떻게 됐습니까? 보이지 않는데요."

"야마카와 씨도 후미코와 함께 납치된 모양이다." 류스케는 이를 악물며 분한 기색을 감추지 못했다. 그리고 청년을 노려보며 외쳤다.

"이 매국노 자식!!"

그러자 청년은 얼굴빛을 변하며 말했다.

"난 불량배일지는 몰라도, 매국노란 말은 들을 이유가 없어! 난 메리켄 소우타라고, 조금은 이름이 알려진 사내야. 자, 내가 왜 매국노냐, 이유를 말해 봐!!"

"좋다. 말해 주겠다. 그럼 네놈이 이 실험실 앞에 숨어 있었던 까닭부터 털어놔라……."

"이유는 간단해. 이마에 점 있는 외국인 목사에게 부탁받았거든. 이 안에서 카드 도박을 하는 놈이 있으니, 자기는 경찰에 고발하러 다녀올 테니 여기 서서 지켜보라고 하더라고. 그러면서 오엔 지폐를 한 장 줬어. 그래서 서 있었던 거야."

"그자가 바로 외국 군사첩자다. 그리고 하루타식 C·C·D 잠수함의 기밀 설계도를 훔치기 위해, 너를 망을 보라고 고용한 거다."

"정말이냐?" 메리켄 소우타는 땅을 구르며 분통을 터뜨렸다. "젠장, 그렇게 속였단 말이지! 두고 봐라, 가만두지 않겠어……!"

"아버지, 이 자를 묶어 두세요. 저는 밖에서 급히 확인해야 할 것이 있습니다."

박사와 요코타 대좌가 몸부림치는 메리켄 소우타를 붙잡아 묶는 동안, 류스케는 쥐 같은 민첩함으로 실험실 안을 샅샅이 뒤지기 시작했다.

"아아!!" 류스케의 외침에 놀라 박사와 대좌가 달려갔다. 북쪽 벽의 윗부분이, 류스케가 손끝으로 건드리자 텅 비듯 입을 벌렸고, 그 안에서 검은 네모 상자가 모습을 드러냈다.

"내 생각이 맞았어!!" 류스케는 외치며 그 상자를 꺼냈다. 그러나 곧 "안 돼, 비어 있어!" 하고 중얼거리며 상자를 바닥에 던져 버렸다.

"그건 무엇이냐?" 박사가 물었다.

"이건……." 류스케가 말을 잇는 순간, 전화 종이 갑자기 요란하게 울려 퍼졌다. 박사가 수화기를 들었다. 전화는 야마카와 소장의 자택에서 걸려온 것이었다.

"아, 하루타 박사님이십니까. 부디 곧 와 주십시오. 주인어른이 서재에서 쓰러져 계십니다. 그리고 금고 속의 중요 문서가 도난당했습니다 !!"

두 명의 야마카와 소장

하루타 박사는 요코타 대좌, 류스케와 함께 자동차로 급히 달려갔을 때, 야마카와 소장은 서재의 긴 의자에 누워 있었고, 머리에는 붕대를 감고 있었다. 소장은 세 사람을 맞이하자, 쓰디쓴 미소를 띠며 이야기를 시작했다.

소장은 박사의 실험에 참석하려고 8시 10분 전에 몸단장을 마치고, 금고에서 실험에 필요한 중요 문서를 꺼내고 있었다. 그때 누군가가 뒤에서 머리를 세게 내리쳤고, 그는 그 자리에서 기절해버렸다는 것이다. 그리고 하인의 부름에 정신을 차렸을 때는, 중요 문서도, 범인의 모습도 자취를 감추고 난 뒤였다.

"그러면," 박사가 옆에서 말했다. "당신은 오늘 밤 제 실험실에 오지 못하셨던 거군요."

"그렇소."

"그렇다면… 그 실험실에 나타났던 '야마카와 소장'―아니, 소장으로 분장한 그 남자는 누구였단 말입니까.”

“뭐라고!! 나로 분장한 남자라니?”

소장의 추궁에 따라, 박사는 방금까지 실험실에서 일어난 사건의 전말을 모두 설명했다. 이를 들은 소장은 벌떡 일어섰다.

“그렇다면 틀림없이 어느 나라의 군사 첩자다! 그리고 발명품은 무사한가?”

“예, 설계도와 모형은 안전합니다—”

“안전하지 않았습니다, 소장님.” 박사의 말을 끊으며 류스케가 앞으로 나섰다. “설계도와 모형은 외관상 그대로입니다. 그러나 그것들은 전부 이미 도난당했습니다.”

“무, 뭐라고? 그게 무슨 말이냐!”

소장도, 박사도, 요코타 대좌도 뜻밖의 말에 말문이 막힌 듯 류스케를 바라보았다.

“설명은 나중에도 드릴 수 있습니다. 소장님, 이 서재에 증거가 될 만한 물건이 떨어져 있지 않았습니까?”

“아니, 별다른 건 없었네……” 소장은 한동안 생각에 잠긴 듯 했으나, 이윽고 “아, 그렇지. 이런 것이 있었는데, 도움이 될까?” 하고 말하며 종잇조각 하나를 내밀었다.

류스케는 그것을 받아 들고 단 한눈만에 “아!” 하고 놀라 외쳤다. 그 종이는 낮에 친구들에게서 받은 암호문과 똑같은 종이, 똑같은 필체로 이렇게 적혀 있었다.

"고코로우○마, 스미타○ 우에와 코레데 시츠레이 오치노○
루. ─ ○센."[1]

"음… 같은 암호군."

"무언가 알겠느냐?" 박사가 옆에서 걱정스럽게 물었다.

소년은 대답도 하지 않고, 주머니에서 낮에 받은 암호문을 꺼
내 함께 맞춰 보며 ○ 부분에 글자를 채워 넣기 시작했다. 그리고
이 분도 안 되어 문장은 완성되었다.

"고코로우 사마, 스미타루 우에와 코레데 시츠레이 오치노비
루 ─ 얀센."[2]

"그래, 주교 얀센! 메리켄 소우타를 고용한 것도 주교였어─바
로 그놈이다!!"

그렇게 외쳤으나… 막상 문장은 그 자체로는 뜻이 분명하지
않았다.

"이제 곤란했군. 이 문장 속에 어떤 의미가 숨어 있는 거지?"
류스케는 이마를 짚고 고민했다. "서두르지 않으면, 아버지의 중

---

1   고코로우 ○, 스미타○ 건은 이만 실례. 피○합니다.
2   고코로우 님, 스미타루 건은 이만 실례. 피신합니다.

요한 발명품이 군사 첩자 손에 넘어가 해외로 반출되고 말 텐데……."

류스케는 두 장의 암호문을 다시 나란히 놓고 살폈다. 그러다 갑자기 얼굴에 환희가 번졌다. 그리고 소장 앞으로 달려가, 떨리는 목소리로 말했다.

"열흘쯤 전이었나요—분명 사루비아호라는 외국 선박이 입항했던 것으로 기억하는데, 혹시 알고 계신 분 없습니까?"

"아아, 요코하마에 정박해 있지. 미국의 유람선이었던가." 소장이 대답했다.

"그겁니다!!" 류스케는 외치며 전화기로 달려갔다.

질주하는 자동차

"뭐라고요, 사루비아호요? 아, 그 배라면 오늘 저녁에 이미 출항했습니다!" 요코하마 항무과 직원의 대답에, 류스케는 저도 모르게 소리쳤다.

"망했다 !!"

혼자만 폭죽처럼 활약하고 있는 류스케를 둘러싸고, 야마카와 소장을 비롯해 박사, 대좌들은 그저 멍하니 서 있을 뿐이었다. 그러자 류스케는 크게 외쳤다.

"여러분, 이제는 승부가 갈리는 순간입니다. 정신을 차려 주십시오, 소장님 !! 지금 바로 요코스카에 전화해서, 사루비아호를 구축함으로 감시하도록 지시해 주세요. 달아날 기세면 발포해도 좋습니다. 그리고 아버님, 대좌님, 두 분은 저를 따라오세요. 추격입니다 !!"

그는 말 끝나기가 무섭게 서재에서 쏜살같이 뛰쳐나갔다. 야마카와 소장의 자가용 자동차에 올라타자마자, 류스케는 운전사에게 명령했다.

"우라가로 간다! 전속력이다! 엔진이 타버릴 때까지 달려라!!"

자동차가 현관을 빠져나가 대문을 돌기 직전, 덤불 뒤에서 정체 모를 사내 하나가 뛰어나와, 재빨리 차 뒤편에 올라탔지만, 아무도 눈치채지 못했다.

동해도를 달리기 시작하자, 하루타 박사가 말했다.

"자, 류스케. 도대체 어떻게 된 건지 설명해 보거라. 우라가까지 시간이 충분하니 말이다."

"좋습니다. 그럼 간단히 말씀드릴게요." 그리고 류스케는 차분히 이야기를 시작했다.

그는 친구들에게서 받은 암호문의 ○ 부분에 글자를 채우고 난 뒤, 박사의 실험을 돕기 위해 실험실로 갔다. 실험이 시작되었을 때, 어딘가에서 리리리리… 하는 아주 미약한 소리가 들렸다. 처음에는 그 소리가 무엇인지 알 수 없었지만, 곧 영화 촬영용 크랭크가 돌아가는 소리와 비슷하다는 것을 깨달았다.

그러자 즉시 떠오른 것이 있었다. 그 암호문에 적혀 있던 문장—

"촬영은 밤 8시 30분부터."

그 시간은 바로 그날의 실험 시간과 정확히 일치했다.

그때 류스케는 확신했다. 외국 군사첩자가 실험실 어딘가에 정교한 촬영 장치를 설치해 두고, 몰래 실험 과정을 영화로 찍고 있다는 것을.

그래서 촬영을 방해하려고 전등을 껐지만, 눈치 챈 군사첩자는 야마카와 소장으로 위장한 채, 촬영한 필름과 후미코까지 납치하여 재빨리 도주한 것이었다.

"그래서 모든 것이 이해되는군. 그렇다면 실험실 벽 속에서 나온 그 검은 상자는 촬영기였던 거지. 그러나 어떻게 그 자가 사루비아호에 탔다는 사실까지 알았느냐?" 박사가 물었다.

"이걸 보세요." 류스케는 두 장의 암호문을 내보였다. "이 두 장에서, 빨간 잉크로 적혀 있는 글자는 모두 제가 ○ 자리에 끼워 넣은 것들입니다. 그런데 이 빨간 글자만 따로 모아 보면⋯ 사루비아, 이렇게 읽힙니다."

"과연! 놀라운 머리구나!" 요코타 대좌가 무릎을 치며 감탄했다.

"열흘쯤 전에 신문에서, 이런 이름의 외국선이 입항했다는 기사를 본 기억이 나서 물어본 것입니다. 실제로 입항해 있었고, 오늘 저녁 무렵 수상쩍게 떠났다는 정황까지 모두 맞아떨어졌습니다. 그래서 확신한 겁니다."

"훌륭하다, 류스케군. 정말 멋진 추리야!!" 요코타 대좌는 류스케의 어깨를 두드리며 칭찬했다.

우라가에서는 야마카와 소장의 명령으로 고속 모터보트가 세 사람의 도착을 기다리고 있었다.

"사루비아호는 관음곶 앞바다에 정박해 있습니다. 구축함이 감시 중입니다." 보고를 들은 류스케는 미소를 지으며 맨 먼저 보트로 옮겨 탔다. 보트는 어둠의 바다 위에서 흰 물보라를 일으키며 바깥바다로 달려 나갔다.

그렇다면 자동차 뒤편에 매달렸던 그 수상한 사내는 어떻게 되었을까—— 그는 류스케 일행의 보트가 떠나는 모습을 지켜볼 겨를도 없이, 부두에 매여 있던 작은 모터보트에 훌쩍 올라타 무모할 만큼의 속력으로 바다 쪽으로 향했다.

괴선(怪船) 위의 난투극

어둠 속 바다 위에서 마치 마물처럼 잠들어 있는 기선 사루비아호의 선측에, 모터보트가 소리 없이 다가붙었다. 착— 하고 선체에 밀착한 순간, 류스케를 선두로 박사, 대좌, 그리고 총검을 장착한 수병 열 명이 재빨리 갑판으로 넘어올라갔다.

그때였다.

"거기 있는 자 누구냐! 후 이즈 데어—!" 선원의 고함소리가 들렸지만, 성큼 다가선 수병에게 한마디 소리도 내지 못한 채 그 자리에서 픽— 하고 쓰러졌다.

"자, 선실로! 서둘러!" 류스케가 외쳤다. "이마에 점 있는 남자를 절대로 놓치지 마세요!"

그는 누구보다 먼저 권총을 쥔 채 선실로 뛰어들었다. 그러나—뜻밖에도!! 그 안에는 벌써 한 일본 청년이 다수의 외국 선원을 상대로 한창 격투를 벌이고 있었다.

"적이냐, 동지냐!" 류스케가 외쳤다.

"메리켄 소우타다 !!" 청년이 소리쳤다. "여긴 내가 맡겠다! 너희는 빨리 안쪽으로 가서 중요한 물건을 되찾아와라!"

과연 그 청년은, 실험실에 묶어두었던 바로 그 메리켄 소우타였다. 그는 자신이 알지 못한 채 지은 '매국'의 죄를 씻기 위해, 자동차 뒤에 매달려 몸을 던져 이곳까지 온 것이다. 소우타의 자랑인 메리켄 주먹이 휘둘릴 때마다, 선원들은 나뒹굴듯 쓰러져 갔다.

"좋아, 맡겼다 소우타! 간다 !!" 일행은 다시 선실 깊숙이 돌진했다.

수색은 약 30분간 이어졌다. 그러나 결국 후미코의 모습도, 이마에 점 있는 그 남자도 찾을 수 없었다.

"안타깝군. 여기까지 몰아붙였는데 놓쳤나…." 류스케가 이를 악물며 말하던 순간, 아무 생각 없이 올려다본 선실 천장 틈새에서 희미한 빛이 새어 나오고 있었다.

그 빛은 점멸하며 꺼졌다 켜졌다 하였다.

"앗 !!" 자세히 보니 그것은 바로——

"‥——‥——‥" 류스케가 고안한 그 신호. 의미는 명확했다.

"위험—도와줘!" 후미코의 구조 신호였다.

"됐다! 천장이 은신처다 !!"

"저기다 !!" 늠름히 기세를 올린 수병들이 손도끼를 들어 올려

천장을 내리쳤다. 순식간에 아이 하나가 겨우 드나들 만큼의 구멍이 뚫렸다.

기다리던 류스케는 그 구멍으로 몸을 밀어 넣어 천장 위 공간으로 기어올랐다.

그 순간── 어둠 속에서 목소리가 날아왔다.

"손들어! 핸즈 업!!"

류스케는 "이렇게야 당할까 보냐!" 하고 몸을 낮추더니, 소리가 난 방향으로 돌덩이처럼 몸을 던졌다.

"젠장, 갓댐!!" 비명을 지르며 허를 찔린 사내가 쓰러졌다. 류스케는 곧바로 덮쳐 제압하려 했지만, 상대는 거구의 서양인이었다. 그자는 두 손으로 류스케의 목을 움켜쥐고 순식간에 바닥에 내던져 버렸다──싶었으나, 아니다. 그 찰나에, 뒤늦게 기어올라온 메리켄 소우타가 뒤에서 그 사내의 목을 팔로 감아 올려 목조르기로 꽉 조여 버렸다.

"오오, 기다려! 웨이트 미닛!!" 사내는 숨이 막힌 듯 소리를 냈으나, 소우타의 완력에는 당해낼 재간이 없었다. 결국 그는 그 자리에서 힘없이 기절해 버렸다.

"문짱! 문짱!!" 류스케가 부르짖었다.

그러자 어둠 속에서 기다렸다는 듯 후미코가 뛰어나왔다. 그는 오빠에게 달려들어 와락 매달리며, "오라버니, 오라버니!!" 하고 눈물을 쏟았다.

"보십시오, 도련님!" 곁에서 메리켄 소우타가 기쁜 듯 외쳤다. "이 녀석이 바로 주교 얀센입니다. 이 가방 안에 모든 게 들어 있습니다. 젠장, 이제야 메리켄 소우타도 체면이 섰지요!"

그러고는 아까 자신이 류스케에게 차였던 것처럼, 얀센의 엉덩이를 힘껏 걷어찼다.

하루타 박사의 발명을 촬영한 필름도, 야마카와 소장의 중요한 서류도, 무엇보다 소중한 여동생 후미코도——모두 하루타 류스케의 공로로 무사히 되찾을 수 있었다.

그 뒤로 메리켄 소우타는 불량배 생활을 그만두고, 류스케의 충실한 조수가 되어 일하게 되었다. 그리고 친구들에게는 언제나 이렇게 말하곤 했다.

"흥! 내 두목은 류스케님이시다. 그리고 나는 메리켄 소우타! 화살이든 총이든 어디 한 번 들고 와 봐라!!"

마이너스 옮긴이

해밀누리 출판사의 안팎에서 모인 번역팀은, 언어라는 거대한 광산 속에 숨겨진 가장 빛나는 보석을 찾아내는 광부라는 뜻으로 마이너스(Miners)라는 이름을 지었다. 단순히 한 언어를 다른 언어로 바꾸는 데서 멈추지 않고, 글에 담긴 영혼과 맥락, 그리고 저자의 진정한 의도를 찾아내기 위해 끊임없이 노력한다. 숙련된 광부가 원석의 내면을 꿰뚫어 보듯, 마이너스는 문장이 지닌 고유한 빛을 발견하고, 그것을 섬세하게 다듬어 세상에 선보이는 것을 팀의 사명으로 삼고 있다.

겨울밤에 읽는 일본 문학 단편선

초판 1쇄 발행 2025년 12월 22일

지 은 이	다자이 오사무, 미야자와 겐지, 아쿠타가와 류노스케, 야마모토 슈고로, 키쿠치 간
옮 긴 이	마이너스
펴 낸 이	송누리
편 집	해밀누리 편집부
디 자 인	강영은
마 케 팅	김경래, 최승윤
펴 낸 곳	해밀누리
등록번호	제2024-000196호
등록일자	2024년 8월 16일
주 소	서울, 마포구 성지길 25-11, 지층 1190호 (합정동)
메 일	haemilnuli@gmail.com
I S B N	979-11-7505-216-1 (03830)